人民共和國文化與文學叢書

二 編

李 怡 主編

第 16 冊

黑乳罩：1949年後外國電影
在中國大陸的文化傳播和世俗影響（下）

袁慶豐 著

花木蘭文化出版社

國家圖書館出版品預行編目資料

黑乳罩：1949年後外國電影在中國大陸的文化傳播和世俗影響（下）／袁慶豐 著 — 初版 — 新北市：花木蘭文化出版社，2015〔民104〕
目 2+182 面；19×26 公分
（人民共和國文化與文學叢書 二編；第16冊）
ISBN 978-986-404-229-6（精裝）
1. 電影文學 2. 文學評論
820.8   104011330

特邀編委（以姓氏筆畫為序）：

ISBN- 978-986-404-229-6

9 789864 042296

人民共和國文化與文學叢書
二 編 第十六冊   ISBN：978-986-404-229-6

黑乳罩：1949年後外國電影
在中國大陸的文化傳播和世俗影響（下）

作　　者　袁慶豐
主　　編　李 怡
企　　劃　北京師範大學民國歷史文化與文學研究中心
　　　　　四川大學現代中國文化與文學研究中心
總 編 輯　杜潔祥
副總編輯　楊嘉樂
編　　輯　許郁翎
印　　刷　普羅文化出版廣告事業
出　　版　花木蘭文化出版社
社　　長　高小娟
聯絡地址　235 新北市中和區中安街七二號十三樓
　　　　　電話：02-2923-1455／傳真：02-2923-1452
網　　址　http://www.huamulan.tw 信箱 hml 810518@gmail.com
初　　版　2015 年 9 月
全書字數　234096 字
定　　價　二編 16 冊（精裝）台幣 28,000 元

黑乳罩：1949年後外國電影
在中國大陸的文化傳播和世俗影響（下）

袁慶豐　著

目次

《琛姑娘的松林》（1967）：「有了房子，我就不操心了」——越南電影與 1970 年代中國大陸共時空的邏輯關聯

閱讀指要：

　　無論是在歷史上還是在今天，中國人的心目中的越南都是一個小國家。但這個小國家，卻與 1949 年以後的中國大陸有著特殊而密切的關聯，譬如意識形態上的高度交集、軍事上的生死相依、文化上的一祖同宗。尤其是 1960～1970 年代，地處東南亞的北越成為中國大陸與「美帝國主義」角力的熱點地區，幾乎就是當年北朝鮮的翻版。因此，一方面，越南電影能夠被中國大陸無障礙地接受並產生反響，另一方面，它又以自身民族文化的傳統內涵與藝術表達，無意中填補了大陸社會的電影文化空白，1972 年譯製公映的《琛姑娘的松林》就是一個這樣的例證。

關鍵詞：「文革」時期；譯製片；越南電影；《琛姑娘的森林》；房子；

專業鏈接 1：《琛姑娘的松林》(又名《琛姑娘的森林》，故事片，黑白)，越南，1967 年出品，長春電影製片廠 1972 年譯製，VCD (雙碟) 時長：63 分 31 秒。

>>> 導演：海寧。

>>> 主要人物：

名字叫琛的少女 (配音：趙文瑜)、琛姑娘的爸爸 (配音：郭振清)、軍車司機 (配音：鄭萬玉)、村幹部阿虎 (配音：馬靜圖)。

專業鏈接 2：原片中文片頭、演職員表及片尾字幕 (標點符號爲錄入者添加)

片頭字幕：

越南民主共和國。1967。河內電影製片廠。

片尾字幕：

長春電影製片廠一九七二年譯製。〔註 1〕

經典臺詞：

「戰士不能失掉警惕性」。

「她呀，還是孩子呢，可總想當大人」。

「你從哪來？要找死嗎？！」

「趕快隱蔽！你想吃子彈吶？」——「我在執行任務！」

「你受傷了？我來包紮！」——「不用了！」

「你們上哪兒去？不要離開這兒！要保護好汽車，我家不用你們管！」

「多虧你幫助我隱蔽。請原諒，我對你態度不好」。

「這麼說你的任務很急了？」——「對人民軍的戰士來說，公路就是戰場，隨時得投入戰鬥」。

「你是修路工？」——「不是」——「公路段的幹部？」——「不是」——

〔註 1〕 本片的 VCD 版本沒有中文版的演職員表及譯製職員表，這種情況很可能是因爲「文革」時期不允許「資產階級名利思想作怪」，所以公映時就沒有，也可能是因爲「趕任務」(配合「印度支那人民抗擊美帝國主義侵略」) 而缺失。從「百度百科」搜索得來的相關信息如下：
導演：海寧；配音導演：徐雁；琛——趙文瑜，琛父——郭振清，阿虎——馬靜圖，阿貝——徐雁，司機——鄭萬玉 (來源網址：http://baike.baidu.com/link?url=hliEsOKSj912NEjtFOT3FtuZZI8sWx5oZI6fWtzjbgcjKvZS-QJvyg0I-p3hm7cnlqMVCj8WvTwSq8sUM6EgjK)。

「是工兵？」──「不是」──「那是幹什麼的？」──「老百姓！」
「我和父親都是村裏的民兵，負責保護這裏的公路」。
「聽說這兒有一片松林，保護來往的汽車，還用了一個姑娘的名字命名，這個姑娘叫琛。就是這兒吧？」──「誰說的？這兒的松林很多，可能在別的地方吧」。
「敵機追你了吧？」──「是我把敵機追跑了，不然它不還在眼前嗎？」──「哈，好，你已經壓倒約翰遜了。不過你還沒完全說對，敵人還在你眼前！這彈坑不正說明，他們在搗亂嗎？」
「他是給前線送彈藥的」──「你怎麼知道？」──「我親眼看見的」。
「光發愁沒有用啊」。
「要搭好這座橋，最合適的木料，就是咱家那兩棵大松樹了」。
「我這兩棵心愛的松樹，曾經和我同甘共苦，它們，成了我最寶貴的紀念物」。
「從前，這樹和當地的人一樣，也遭受過折磨和踐躪，為了保護這些樹木，人們常常是流血犧牲」。
「要是我的房子沒有燒掉，或是有了新房子住，我會一輩子照看著兩棵松樹，讓它們在這裏和別的樹一樣繼續成長」。
「我不願意讓你為我操心，你年老了，為了我，還這樣辛苦」──「辛苦倒沒啥。我不怕炸彈，我就是希望你能夠好好成長，有了好房子住，我死了就安心了！」──「爸爸！」──「有了房子，我就不操心了」。
「你過去不是說，不能跟大樹分離嗎？」──「為了打美國鬼子，就得這麼做」──「是啊大伯，等把美國鬼子打跑了，咱們要什麼有什麼」。
「咱們這個時代，就是了不起呀，人人都想著集體」。
「大伯，我應該叫您爸爸」。
「炸彈！定時炸彈！」
「美國強盜真是壞透頂了！這筆賬，我們一定要算！」

以往影片人氣指數：★★★★★

現今觀賞推薦指數：★★★★☆

甲、越南與中國共時空的歷史關聯

　　無論是 1970 年代還是今天，許多人始終都把越南看成是一個小國，譬如面積小、人口少，歷史和文化上都曾經是中華母國的番邦；到了近現代，既

被法國殖民過，又被美國侵略過——1949 年後，幸虧有中國大陸的幫助，才免於亡國——所以當年，這個小國對於中國大陸的內政外交，有著極其重要的地位、極其特殊的關係。譬如在意識形態層面，越南既是世界範圍內中國大陸認可的「同志加兄弟」中的一員，又是在亞洲與（北）朝鮮並列的兩個親密夥伴之一。在軍事領域，無論是越南抗法戰爭（1945～1954），還是抗美戰爭（1954～1975），都得到中國方面的大力支持，數以萬計的解放軍出國作戰，成百上千的官兵捐軀異國他鄉。經濟上，中國大陸民眾寧可自己缺喫少穿、暫緩建設，也要優先滿足越南兄弟……。

　　由於從 1949 年後與以美國爲代表的西方資本主義國家對立，因此，中國大陸支持越南北方抗擊法國殖民者和美國侵略者的戰爭，就成爲繼「抗美援朝」之後又一次與「美帝國主義」在熱點地區針鋒相對的全方位對抗，大陸官方稱之爲「抗美援越」。這場區域性熱戰實際上是當時支持「東南亞人民反抗美帝國主義侵略」的一個重要組成部分，因爲一談到這一點，大陸官方都會將老撾、越南、柬埔寨三國並列提起。但由於普通民眾對其背後的軍事存在（秘密出兵）並不瞭解，因此，對老撾的印象只是記住了一個叫萬象的首都，對柬埔寨，則是長年累月集中於呆在北京的西哈努克親王夫婦（以及賓努親王）的個人形象上。

　　相形之下，由於這三國只有越南（北越）有電影進入中國大陸，而且廣泛公映有日，因此，一般民眾不僅對越南的抗美戰爭多有瞭解，而且對這個國家的感覺和印象都較爲深刻和熟悉。除此之外，當時大陸官媒即廣播和報刊經年累月、長篇大論地關注、報導，也促使民眾不能不記住這個國家。當年很少有人知道越南是一個電影小國，但有意思的是，就是這個幾重意義上的小國，在 1959 年後，尤其是「文革」時期，越南電影不僅成爲中國大陸

社會政治文化的一個重要組成部分，而且始終與當時的億萬觀眾的情感記憶
保持著長達二十年的歷史共時性依存——就像北朝鮮電影與中國大陸社會
和意識形態的關係那樣——「血濃於水」、「榮辱與共」、「萬眾一心、同仇敵
愾」。

　　從現在爲數不多的資料上看，1951 年，中國大陸就與北越聯合拍攝了一
部名爲《戰鬥中的越南》的長紀錄片（張寥林、阮月眉聯合導演）〔註2〕，而
北越出產的第一部故事片《同一條江》（1959），也在次年由上海電影譯製廠
譯製後在大陸公映。從譯製的時間和數量上看，大陸 1960 年代前半期（1960
～1965）譯製的越南電影有 9 部，即《同一條江》、《阿甫夫婦》、《中線炮火》、
《紀念品》、《白煙》、《金童》、《義靜烈火》、《年輕的戰士》、《浮村》。1970 年
代前半期（1970～1974）也有 9 部譯製後公映，即《森林之火》、《前方在召
喚》、《戰鬥在繼續》、《阿福》、《回故鄉之路》、《琛姑娘的松林》、《山村女教
師》、《小火車站》、《火》〔註3〕。

〔註 2〕 〔法〕喬治‧薩杜爾：《世界電影史》，徐昭、胡承偉譯，中國電影出版社 1995
　　　　年版，第 24 章，第 571 頁。
〔註 3〕 這些影片的相關信息如下（按照譯製時間排列）：
　　　　1、《同一條江》，導演：阮鴻儀、范好民，1959 年出品，上海電影譯製廠 1960
　　　　　　年譯製；
　　　　2、《阿甫夫婦》，導演：梅祿，河內電影製片廠 1961 年出品，上海電影譯製
　　　　　　片廠 1962 年譯製；
　　　　3、《中線炮火》，出品時間不詳，長春電影製片廠 1962 年譯製；
　　　　4、《紀念品》，導演：阮鴻儀、范好民，1960 年出品，長春電影製片廠 1962
　　　　　　年譯製；
　　　　5、《白煙》，導演：阮翻利、黎少，1963 出品，，長春電影製片廠 1963 年譯
　　　　　　製；
　　　　6、《金童》，出品時間不詳，長春電影製片廠 1964 年譯製；

　　如同當年北朝鮮的譯製片一樣，這些越南電影的密集和反覆放映，集中在「文革」時期，對大陸社會產生重大影響也基本是在這一時期。原因之一是，「文革十年浩劫特別是前五年文藝百花凋零，在人們聽八個樣板戲聽得耳朵眼兒起繭子的情況下，進口公映上述國家的一些影片也算是來點兒花樣，禁錮的鐵幕還留下一絲縫隙，譬如歐洲的社會主義明燈阿爾巴尼亞有《海岸風雷》《寧死不屈》《伏擊戰》《第八個是銅像》等，同志加兄弟的越南有《阿福》《回故鄉的路》《琛姑娘的松林》等……還有兩部蘇聯老影片《列寧在十月》和《列寧在一九一八》放映率更高，與國產老電影『三戰一隊』享受同

7、《義靜烈火》，越南人民軍電影團 1964 年出品，八一電影製片廠 1964 年譯製；

8、《年輕的戰士》，河內電影製片廠 1964 年出品，長春電影製片廠 1965 年譯製；

9、《浮村》，導演：陳武、輝成，1964 年出品，長春電影製片廠 1965 年譯製；

10、《森林之火》，河內電影製片廠 1966 年出品，長春電影製片廠 1970 年譯製；

11、《前方在召喚》，河內電影製片廠 1969 年出品，長春電影製片廠 1972 年譯製；

12、《戰鬥在繼續》，出品時間不詳，長春電影製片廠 1971 年譯製；

13、《阿福》，河內電影製片廠 1969 年出品，八一電影廠 1971 年譯製；

14、《回故鄉之路》，越南河內電影製片廠 1971 年出品，長春電影製片廠 1972 年譯製，1973 年上映；

15、《琛姑娘的松林》，河內電影製片廠 1967 年出品，長春電影製片廠 1972 年譯製；

16、《山村女教師》，河內電影製片廠 1969 年出品，北京電影譯製廠 1973 年譯製；

17、《小火車站》，出品時間不詳，北京電影譯製廠 1973 年譯製；

18、《火》，導演：胡利奧科爾，河內電影廠 1964 年出品，長春電影製片廠 1974 年譯製。

（片目收集整理：鍾端梧）

等待遇——只有你不想看的時候，沒有你看不到的時候」〔註4〕。

　　單就譯製於 1960～1970 年代的這 18 部越南影片而言，其主題、題材和內容大致可以用三個「爭」來概括，那就是戰爭、抗爭、鬥爭。第一個指的是抗擊美帝國主義侵略的戰爭，包括順帶提及的越南人民抗擊法國殖民者的光榮歷史。其次，就是表現為越共領導下的越南對因為戰爭造成的惡劣的生活環境、生存環境、生產環境的抗爭。所謂的鬥爭，就是越共領導下的越南人民與敵對勢力，包括本國敵對勢力、反對勢力、落後勢力（不見得就是帝國主義走狗）之間的鬥爭，包括思想和意識層面的對立和交鋒。

　　由於中國大陸和北越的意識形態與社會制度高度一致和極度相同，因此，這些影片在整體上成為大陸模塊化政治思想教育樣本的同時，又成為官方引導民眾認識外部世界與外國歷史和社會現實的宣教平臺，進而融入 1949 年後共和國文化的主流。換言之，與其他社會主義國家的電影一樣，1979 年前進入大陸的越南電影，在一個特定的時空、以特定的方式，印證、影響了中國大陸社會與民眾的世界觀、歷史觀和人生觀，以及與之相應的藝術觀和審美觀——1967年出品、1972 年譯製的《琛姑娘的松林》不過是其中又一個例證而已。

 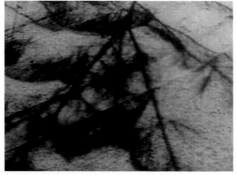

乙、越南電影與其他社會主義國家電影的簡單比較

　　越南電影的三「爭」特色，整體上正好對應於 1970 年代中國大陸的社會思潮和官方口號。譬如，「與天鬥，其樂無窮；與地鬥，其樂無窮；與階級敵人鬥，其樂無窮」；「七億人民，不鬥行嗎？」等等。這既是毛澤東「鬥爭哲學」的典型體現，也是貫徹、體現於 1970 年代中國大陸社會現實方方面面，包括人與自然、人與人的關係當中的人生指導思想理念。「人定勝天」講的是人與自然的關係處置方式，「親不親，階級分」，用於對待人與人之間的社會

〔註4〕 燕毅：《〈賣花姑娘〉及其他》，《文史精華》2012 年 6 期，第 54 頁。

關係和矛盾——這就不難理解，爲什麼「文革」時期的大陸電影中只有「好人」和「壞人」之分，（如果有「中間派」，那一定是糊塗蟲，不是敵人利用了，就是後來被「我們」爭取過來、改過自新了的。這樣的社會心態，反映著當時中國大陸的價值評判和取捨標準並延續多年）。面對矛盾和分歧，只有一種解決方法即武力解決。用當時盛行的《毛主席語錄》中一句名言來說就是，「不是東風壓倒西風，就是西風壓倒東風」。

如果從主人公成長歷史的角度分析，這些越南電影還可以粗略地歸爲兩類。第一類是男生版，其中，小男生版以《阿福》（1969）爲代表，講一個小男孩勇鬥美國鬼子；大男生版以《回故鄉之路》（1971）爲代表，講一名越共戰士孤身一人與美軍鬥智鬥勇，最終完勝。後一個故事的內在張力，不亞於英、美同年拍攝的《墨菲的戰爭》（*Murphy's War*）——影片講的也是一個人獨自對抗德國軍隊、最終大獲全勝的故事。第二類是女生版，代表作就是這裏要討論的《琛姑娘的松林》。事實上，這個影片的亮點是女主人公微妙的心理刻畫，只可惜後半部分的基調被生硬地拖曳至主題先行的敘述模式之中。

雖然同屬於亞洲電影和社會主義國家陣營，也都曾經在歷史上擁有同一個文化宗主國，但越南電影（北越電影）和同時期引進大陸的（北）朝鮮電影，卻有著很大的不同。近現代的朝鮮，其歷史和文化在傳統上難以擺脫中

華文化約束的同時，又先後接受了日本的殖民改造和蘇聯意識形態的強力嵌入，因此，北朝鮮的電影就難免逃脫對威權形象無條件尊崇的命運。這也就是為什麼北朝鮮的大量影片，在充分表現本民族鮮明的東方悲情主義色彩和東亞文化基調的同時，又能非常輕鬆地與中國大陸、特別是「文革」時期的藝術形態和社會生態，以及有過之而無不及的個人崇拜心理和社會心理機制自動融為一體、形成無縫對接的根本原因之一。

　　而進入近現代的越南，由於以法國為代表的歐洲文化的長期滲透，中華文化的影響、沁潤和薰染，更多地成為其本土文化的背景性存在，繼之而來的是更為現代的、以美國為代表的西方文化的洗禮。雖然這些滲透與洗禮都不乏血與火的暴力媒介，但不能否認的是，越南的歷史和文化在近現代逐漸脫離了單一品質的繼承性質。尤其是越南戰爭期間，東西方政治勢力和文化潮流成為第二種形式的多元介入。因此，即使在北越的電影當中，也相對缺乏北朝鮮式狂熱的個人崇拜；或者說，電影中類似的痕迹雖很明顯，但遠不能與中國大陸和北朝鮮電影的相「媲美」。譬如，如果按照北朝鮮電影的邏輯，《琛姑娘的松林》會這樣處理軍車因為大彈坑不能前行的問題：領導過來說：「胡志明伯伯教導我們說，我們一定能打敗美帝國主義」。不是嗎？

　　1949 年後尤其是「文革」時期，同屬於東歐社會主義國家的電影，如羅馬
尼亞、阿爾巴尼亞的電影也幾乎同時都在中國大陸反覆放映。將此時期的越南
電影和阿爾巴尼亞、羅馬尼亞兩國的電影相比就會發現，兩者的差異更爲巨大。
除去歷史和文化的不同——亞洲與歐洲、東方文明與西方文明，這是兩個不同
的文明圈和文化層——還有一個重要的原因，那就是在電影本體理念上的根本
性不同。換言之，阿爾巴尼亞、羅馬尼亞兩國電影的電影理念和表現手法更具
純粹的西方文化色彩。尤其是在「文革」時期那個特殊的歷史時期，就顯得更
爲成熟、圓潤，相形之下，北朝鮮和中國大陸這樣的亞洲電影就顯得稚嫩。但
如果單就亞洲社會主義國家的電影而言，最爲出色的，當屬越南（北越）電影。

　　具體地說，阿、羅兩國電影對 1970 年代中國大陸的社會文化和電影理念，
自始至終都有一種文化啓蒙的作用，或者說，具備著超越意識形態的啓蒙主義
內涵。當然，1950 年代中後期，斯大林死後蘇聯的「解凍文學」和同樣屬性的
電影被譯製，並在中國大陸的短暫放映——譬如《第四十一》（1956）、《雁南
飛》（1957）——也同樣具有啓蒙作用，同樣功不可沒，最終共同爲 1970 年代
末期中國大陸的改革開放，尤其是爲新一代電影導演思想的解禁奠定了基礎。
就此而言，在很大程度上，1980 年代大陸第五代導演的出現，至少也要追溯到
這一段，尤其是從電影本體意識的復蘇和覺醒角度而言。

　　如果說，「文革」時期進入中國大陸的北朝鮮電影，不過是外國版的「樣板戲」，那麼，格調、色彩多有不同的越南電影，恰好彌補了中國大陸在電影文化上的一個空白。這種彌補的特殊歷史情境和客觀前提是，1970 年代的中國大陸，向上，徹底斬斷了本土傳統文化譬如民國電影精神的延續；向外，基本隔絕了與西方文化的良性互動和現代文明的共時性滲透；對內，則以「無產階級革命」和「無產階級專政」的名義，抑制了正常人倫的常態表達。因此，從一個細微的角度上講，越南電影《琛姑娘的松林》裏的人情、倫理，乃至隱約存在的愛情心理刻畫，以及富有東方色彩的視聽語言表述方式，至少是對中國社會的一種反哺式的滋養或者彌補。這當然是非常可悲的客觀現象和事實判斷。

丙、《琛姑娘的松林》的文化特色與中國大陸社會的讀解語境

　　這個片子除了故事的主題思想，譬如戰爭環境的強調、無處不在的黨的領導以及幹群關係的主次位置，與當時的大陸電影多有對接之處外，其他的，就顯得有點「另類」。譬如一個情節很簡單的單線故事，卻被處理得情緒豐滿、搖曳多姿。相對於當時的大陸電影，絕對勝出一籌，所以我把它叫做越南電影「女生版」的代表作。

子、女性信息以及人物形象

即使是外行，也能感受到這個片子的與眾不同，譬如表現女主人公的鏡頭，那是特別地「貼」。近景、特寫，空鏡和長鏡頭也是，但最重要的是，導演從鏡頭的運動性當中體現出來的情感性。「貼」的結果是讓人們發現，這些鏡頭是會說話的，表情達意極為到位。其實琛姑娘和年輕的軍車司機之間只有一種似有還無、隱約可見的情感傳遞，但就是這些東西打動了觀眾。因為這些情景散發出無比強烈的、女性獨有的情感信息。而且，客觀鏡頭和主觀鏡頭交疊在一起，層層鋪開。前者指的是觀眾的角度，後者的重點是影片前半段中幾個年輕男性軍人的視角，其中包含了很多性審視和性審美的意識。

之所以如此強調這一點，一個重要的原因是因為影片放映的 1970 年代，屬於中國大陸一個特定的時間和空間。這個「特定」有如下幾層意思：第一，觀眾大多處在青壯年時期，而處於青春期的青少年比例更大〔註 5〕；第二，「文革」期間民眾能看到的、能夠表達情感，尤其是有關女性信息的電影幾乎沒有，涉及性信息的鏡頭少而又少——就這，還都是外國電影即社會主義國家電影的功勞；第三，那時候大陸「樣板戲」和「樣板電影」也少有女人出現——如果有，她首先是戰士，其次是女戰士，最後才是和男人一樣的革命者，而且不近男色，內心充滿的除了「民族仇」就是「階級恨」，女性特徵幾乎喪失殆盡或可以忽略不計。

〔註 5〕 能夠查閱到的數據表明，1964 年的大陸總人口約 7 億，其中 15～29 歲的青少年占 23.51%（國家統計局人口統計司：《中國人口統計年鑒 1988》，中國展望出版社 1988 年版，第 198 頁），幾乎占全體社會成員的四分之一。而從 1963 年開始，大陸人口出生率猛增，這意味著，直至 1970 年代末期，十幾歲的青少年在總人口的比重愈加龐大。

　　譬如單就女主人公來說，現代京劇《海港》（1972）中的方海珍是中年單身女，《龍江頌》（1972）裏的江水英也是單身女中年，《杜鵑山》（1974）裏的柯湘，還是；《沙家浜》（1971）中的阿慶嫂倒是已婚了，但名義上的丈夫壓根兒就沒出現過——除了名字；電影版的《紅色娘子軍》（1960），男女主人公的情感戲已經被工作上的上下級關係替代，到了「文革」，無論是芭蕾舞劇版（1970），還是現代京劇版（1972），倆人的情感已經與個人沒有一毛錢的關係，只剩下宏大敘事的階級感情支撐。《智取威虎山》（1970）乾脆把原作《林海雪原》（1960）中的女主人公直接刪除。甚至母子間的情感也有嫌疑，譬如，1974 年翻拍 1955 年的《平原游擊隊》時，竟把原作中男主人公的母親換成了沒有血緣關係的「革命大娘」。這方面做得最徹底的是《奇襲白虎團》（1972），基本是男人戲，出現的大娘大嫂一概是朝鮮人〔註6〕。

　　所以，《琛姑娘的松林》中有關女主人公的鏡頭和情感表達，與其說表現出一個勇敢的越南少女的獨特魅力，倒不如說在那一段特定時空內彌散出

〔註6〕說到性信息，《沙家浜》倒是有所傳達，那就是刁德一的弟弟刁小三對一個年輕姑娘說的一句臺詞：「搶東西？我還要搶人吶！」這句話給無數觀眾無比豐富的想像，「搶人」是什麼意思？比照現在的文明詞兒，那就是要對女方「非禮」。

沁人心脾的性氣息和性信息。而其他的男性人物形象，又是從不同側面、以不同形式襯托、強化了這種氣息和信息的存在與質感。譬如琛的父親，他和女兒之間的父女比較特殊，因爲這個家庭缺少妻子（母親），而兼父母功能於一身的這個男人形象，顯然比單一功能的父親形象更能打動人心。影片當中那段著力渲染的兩棵松樹成長的閃回，正是父女相依爲命的典型象徵。這兩棵樹，既是父親和女兒守望家庭的根基，也是父親爲女兒出嫁能做出的最後貢獻。這不是樹的故事，是血濃於水的親情寫照。

　　琛姑娘的形象還體現於和其他三個年輕男性司機的審視之中，是主客觀鏡頭疊加後的反映——表達的是情感、心理和行爲意識。在第一個男司機眼裏，琛姑娘體現更多的是活潑、可愛，還有點小頑皮，譬如一方面用樹枝爲人家遮蔭涼，另一方面又開玩笑地把人家的爐子端走了。第二個男司機更年輕些，他對琛姑娘的意識就比較複雜一些，譬如看到琛姑娘後，幾次三番地梳理自己的頭髮——沒人能夠否認他對琛姑娘的好感和微妙感覺。影片情感線索的重點是第三個年輕男性，即在琛姑娘的指引下冒著敵機的轟炸趕往前線送彈藥的軍車司機。這兩人之間的鏡頭最多，也最爲豐富、細膩。

「你是修路工？」——「不是」——「公路段的幹部？」——「不是」

「是工兵？」——「不是！」——「那是幹什麼的？」——「老百姓！」

　　從一開始的公事公辦，到兩人生死同一的共同經歷，編導精準地把握住了人物隱約的情感痕迹，或者說朦朧的愛情心理體現。即使是譯製片，也沒有刪掉這處最給力的臺詞：當琛姑娘的父親捐獻出的兩棵松樹成爲軍車安全通過的橋梁後，這個年輕人激動地與老人擁抱，說「大伯，我應該叫您爸爸」。影片當然有歌頌越南人民戰鬥友誼的意圖和基調，但在這裏，當年電影院裏幾乎所有的觀眾都將之視爲這是一對年輕人從此締結良緣的證據——雖然平凡甚至難免世俗的窠臼，但卻激動人心。

「我和父親都是村裏的民兵，負責保護這裏的公路」。

丑、電影主題思想和時代背景的對應

　　所謂主題的對應，指的是以《琛姑娘的松林》爲代表的這批越南電影，對應於1970年代中國大陸的社會現實。當時彌漫於中國大陸的是全民性的戰爭意識，因爲最高領袖一再「教導」和「號召」人民，要「備戰、備荒」，「提高警惕，保衛祖國」，「要準備打仗」，「不是小打，而是大打」，而「美帝國主義及其一切反動派，都是紙老虎」。《琛姑娘的松林》屬於戰爭題材，主要情節和所有的人物都圍繞著搶修軍運公路，幾乎沒有表現日常生活的

鏡頭。換言之，所謂的生活或生存，其實就是戰爭生活或戰爭背景下的生存，而這種一切爲了滿足前線戰事的需要、爲戰爭勝利奉獻一切的狀態，正好對應於大陸 1970 年代的社會現實和社會心態，即全民一體的戰爭意識和戰爭動員狀態。

這種濃鬱的戰爭意識首先表現爲對民衆犧牲精神的描述，譬如琛姑娘一家，父女二人都是民兵，女兒負責保障公路運輸，父親負責在關鍵時刻把準備蓋新房的木料捐出來搶修橋梁——誰都知道，這房子不是父親爲自己蓋的，是準備留給女兒的。所以他才對女兒說：「我不怕炸彈，我就是希望你能夠好好成長，有了好房子住，我死了就安心了！……有了房子，我就不操心了」。問題是，動員父親捐獻大樹搶修橋梁以保證軍火運輸的，恰恰是他自己的女兒琛姑娘。此情此景，如此這般的行爲意識，當時的大陸觀衆實在是太熟悉了：這不就是咱們這邊廂一直提倡的犧牲小我、奉獻大我，犧牲自己、奉獻國家和集體的共產主義精神嗎？

「噢，聽說這兒有一片松林，保護來往的汽車，還用了一個姑娘的名字命名，這個姑娘叫琛」——「誰說的？這兒的松林很多」。

而且，這種犧牲還不僅僅是財產上的、肉體上的，還有精神上的和親情上的。譬如，當美軍飛機轟炸人民軍的軍車時，父親和女兒都爭著衝上去爲軍車指引安全路線；當搶修橋梁發現隨時可能爆炸的定時炸彈時，搶著上去排除險情的還是父親和女兒。這種爭、搶意味著，無論是誰「有」了這個機會，一旦發生意外，都是對親情倫理最大的和最痛苦的傷害：女兒上去了，對父親來說，也許就會失去女兒；反過來，失去了父親，對女兒來說又意味著什麼？這個家庭本來只有父女二人相依爲命，但影片恰恰要把這種非此即彼的倫理抉擇殘酷地呈現給觀衆，事實上是以此來教育民衆。

　　其次是時代背景的對應，這主要表現爲愛國主義即民族抗爭精神的彰顯。一般來說，愛國主義的定義和涵義，在不同的的歷史時期都有特定的表述，內涵和外延均有所不同。此處的愛國主義，主要是指面對外國侵略時的民族抗爭精神。在這一點上，1970 年代的中國大陸和越南有著共同的理解和一致的行爲意識。對越南來說，無論是北越還是南越，都處於民族生死存亡的關鍵時期。對中國大陸而言，對外，北面有昔日的「蘇聯老大哥」陳兵百萬、虎視眈眈；東面是「美帝」支持和「操縱」的日本、南朝鮮和臺灣「蔣匪幫」，時刻準備著「反攻大陸」；南面，是「美帝」引燃的「印度支那戰火」火勢正酣。而內部環境，國家政治正處於混亂狀態，經濟處於崩潰邊緣，民生艱難。因此，越南電影的全民抗爭、保家衛國、爭取國家和民族獨立的愛國主義精神與思想主題，正好符合大陸用以「教育人民、打擊敵人」的大政方針。

　　就影響中國大陸社會的、亞洲社會主義國家的電影而言，北朝鮮電影與越南電影一樣，主題思想上也符合大陸的宣教口徑，但越南電影的愚忠精神

「他是給前線送彈藥的」——「你怎麼知道？」——「我親眼看見的」。

和個人崇拜意識相對淡薄。至少，不是每部越南電影都動不動會弄出一段「想起領袖教導」就讓人們淚流滿面、又哭又笑的畫面來；至少，《琛姑娘的松林》就沒有類似的「菩薩心腸」和「霹靂手段」互爲表裏，進而觸及觀眾的心臟和淚腺。就這一點來說，《琛姑娘的松林》與當時中國大陸的電影是不對應的，但她卻像悶熱的房間裏突然間吹進的一股清風，雖然力量不大，但足以讓人清醒一時、舒心片刻。

因此，《琛姑娘的松林》可以被看成是當時在大陸公映的越南電影的一個樣本，因爲即使外行也能感覺到影片的鏡頭具有韻律之美，既富有東方魅力也符合東方審美標準。尤其是影片開始時那幾組鏡頭組合，譬如俯拍的琛姑娘苗條的身影，特寫光著的兩隻腳。黑白影片恰恰最能表達色彩，少女黑色的服裝，白色的沙子，陰影和光亮，色調飽滿，魅力無限。譬如很多鏡頭與其說是琛臉部的特寫，倒不如說是姑娘一頭秀髮的特寫。所謂天生麗質即是如此〔註7〕。

丁、結語

從 1960 年中國大陸譯製公映第一部北越生產的電影，到 1979 年中、越兩國爆發武裝衝突、兵戎相見，二十年間的中、越兩國的電影交流曾經呈現

〔註 7〕 直到 1980 年代初，中國大陸根本就沒有什麼這絲、那柔、神馬婷之類花裏胡哨的洗髮膏劑，但有意思的是，那時候的女性，大多一頭長髮、光可鑒人，給人以樸素而健康的美感。所以你會明白，現在的中老年男人爲什麼對小孩子染髮的做法頗爲不屑。前些年敝校一個學院的院長和我聊天時突然間冒出一句，說他看見染黃頭髮的女生就想衝上去端上一腳。我承認從審美上說我對染黃頭髮也有偏見，但這樣生猛的想法還是出乎我的意料。當然，公允地說，每一代人都有自己的審美標準，其偏好和追求後面，都有其來有自的緣由，不可彼此強求一致。美即多元，不是嗎？

出一股單向度的熱潮。相對於當時節奏拖沓、動輒哭天喊地的北朝鮮電影，有時候讓人莫名其妙、有時候又讓人感覺驚險得喘不上氣來羅馬尼亞和阿爾巴尼亞電影，以及不無粗野和壓抑的蘇聯電影，文化血緣與中國接近的越南電影如《琛姑娘的松林》，整體的節奏把握得舒緩有致、細而不亂。譬如搶修橋梁時間緊迫的時候，一點都不突兀地加入了一段舒緩的閃回，交代那兩棵樹和一家人共同命運的由來。與其說這是對當年艱苦歲月的回憶，不如說是對家庭幸福時光的一種追述：兩棵樹長大了，中間的弔床上女兒靜靜安睡，妻子在旁邊的破瓦罐上炒著松子。正是有了這層鋪墊，父親的決絕在迎合主題思想的同時，更從情感上印證了父女同心的真理。什麼叫親人？就是同心同德同感覺。

即使1970年代的中國大陸與舉國戰火紛飛的越南有著相通相近的國際和國內背景，但兩邊的電影製作理念卻有很大的不同。就《琛姑娘的松林》而言，影片是以個人的視角和感受來見證時代，或者說是以小見大，《回故鄉之路》也是如此。它們對個體和個體命運的描述詳盡備至，這就意味著對全體的把握盡在掌握之中。這使人聯想起大陸譯製的蘇聯電影如《第四十一》（1956）、《雁南飛》（1957）、《一個人的遭遇》（1959）、《伊萬的童年》（1962）以及《這裏的黎明靜悄悄》（1972），即使史詩般壯闊如《靜靜的頓河》（1958），它的鏡頭也始終聚焦於男女主人公的情感世界，繼而深入人性的層面。

可惜那些屬於蘇聯「解凍時期」的優秀成果，大陸普通民眾當時根本無從看到，對電影的認知依然被滯留於斯大林時代的政治霧霾當中。當時的大陸電影，熱衷崇「大」、尚「高」，其實依然局限於崇假、尚空。因為，「高」和「大」的角度實際上是基於對個體的忽略、對歷史的清除，進而，消弭現場感、真實感和藝術審美感受。譬如現在再看「文革」時代的電影，基本上

是見「事」不見「人」，「事」都是大事：「兩條路線的鬥爭」、「關係到黨和國家的生死存亡」，可是活生生的人呢？沒有了人，電影也就只能是傻大黑粗的意識形態脂肪秀。

這樣的製作理念和審美標準實際上也影響到了對當時外國影片的譯製——這體現在配音上。譬如儘管《琛姑娘的松林》情感如此豐富、表達如此細膩，但是對於中國大陸觀眾來說，很難從聲音上感受到這一點。即使是少女琛姑娘——情竇初開、還處於懵懂狀態的小姑娘家——配音聽上去也是尖、硬、生、狠的成年女聲狀態。其實，1949 年後的外國譯製片，都可以看作是中國大陸的二度創作。所以，《琛姑娘的松林》的配音有著明顯的「文革」特徵。因為，哪一部「文革電影」不是這般腔調？

「大家快點兒把橋架好」。——「美國強盜真是壞透頂了！這筆賬，我們一定要算！」

在 1970 年代譯製公映的那些社會主義國家的電影，應該說每一個國家的電影都有自己鮮明的民族特色，而同屬於亞洲的北朝鮮和越南，最具文化意義上的東方色彩和東方情調的，也就是北越的電影。事實上，中國人對越南電影的接受最沒有心理障礙和文化隔膜。譬如，改編自杜拉斯小說的法國電

影《情人》（1991）在 1990 年代初期進入中國大陸後，絕大多數觀眾的心理
反應即是如此——年長一些的觀眾，他們有「文革」後期即 1970 年代越南電
影的觀影體驗作爲鋪墊，對於青年一代而言，他們被香港演員梁家輝的形象
和表演所吸引，（八卦新聞中有「亞洲最性感的屁股」之說）。換言之，《情人》
在西方人眼裏的所謂異域情調、東方色彩，對於中國人而來實際上是一種沁
入骨髓的文化認同，很難被時空隔膜。

「……我這兩棵心愛的松樹，曾經和我同甘共苦，它們，成了我最寶貴的紀念
物……我不怕炸彈」。

以《琛姑娘的松林》爲代表的越南電影，貌似失之於「單純」的線性
描述，而東歐社會主義國家的電影，線索紛繁，情節線索設置比較精巧，
拍攝、表現手法相對成熟。譬如阿爾巴尼亞電影《第八個是銅像》，用的是
倒敘，非線性閃回構成其敘事客體；羅馬尼亞電影《多瑙河之波》的緊張
驚險，不乏源自性心理的推動；南斯拉夫電影《瓦爾特保衛薩拉熱窩》將
世俗人情和宗教情結編織交集。這些都和越南電影的「單純」不同，但在
我看來，這恰恰是現實主義依然魅力不朽的表現。因爲越南電影的「單純」，
能與樸素的表達和複雜的內涵奇妙地結合起來，其反映戰爭中人的特殊狀
態的主題思想，正與中國傳統的審美觀念如「清水出芙蓉，天然去雕飾」
相吻合。

對中國電影而言，現實主義的重要意義是不言而喻、不可或缺須臾的，
但 1949 年後尤其是「文革」時期的中國大陸電影，根本沒有現實主義的容身
之地，只有意識形態涵義的「八股主義」盛行。就這個意義上說，北朝鮮電
影也有類似的「傻大黑粗」特徵。「傻」指的是貫穿影片始終的個人崇拜與宗
教式的狂熱與迷信；「大」，指的是見事不見人、見人不見情的所謂宏大敘事；

顛倒黑白的「陰謀文藝」是謂「黑」,粗暴灌輸的藝術手法的是爲「粗」。從這一點上說,越南電影尤其是《琛姑娘的松林》具有切實的、但又不對應於接受語境的指導意義。

　　凡是經歷過上世紀六、七十年代的大陸民衆,只要看過哪怕一部越南影片,絕大多數都很難忘懷。其中一個重要原因,就是越南電影與許多人的生命共同成長並就此融入歷史時空。人的生命之所以是至高無上的,就因爲每個人只有一次。這些越南電影曾經在一個特定的時空、以一個特定的即單向度傳播的方式進入了她曾經的文化母國,並在最大程度上影響著世界上數量最龐大的觀衆群體——尤其是「文革」時期,電影的觀衆動輒以數億計——他們在相似的戰爭狀態下,有著和越南電影一致的全民戰爭意識,而這種意識,不僅與他們當時的生活和生存狀態息息相關,而且也延伸至今。譬如老父親爲孩子操心的住房問題:

　　　　「辛苦倒沒啥……我就是希望你能夠好好成長,有了好房子住,我死了就安心了!」

　　用過去那個時代的話說就是,「中越人民心連心」呢。

再見吧司機同志——「大伯,我應該叫您爸爸」。

戊、多餘的話

子、為何是「松林」而不是「森林」？

《琛姑娘的松林》的另一個譯名叫《琛姑娘的森林》。我不懂越語，僅僅是根據影片來推斷，它之所以會出現這種兩個片名的情形，可能原片名有「森林」之義，但影片中的兩棵松樹是關鍵情節的關節點，而且女主人公一家附近的森林樹種以松樹為主，譬如片頭就有琛姑娘拖著松樹枝做防空偽裝的鏡頭。因此，前一個片名更為貼切，與片中不斷提及「這片松林」呼應。

丑、父親和女兒

有些同學很不理解，說就一個電影，你至於講出這麼多話來嗎？就我個人的審美取向而言，影片中嬌小清秀的少女並不是我喜歡的類型，我更喜歡阿爾巴尼亞電影當中的那種成年女性形象——譬如《寧死不屈》中身材豐滿高大的女主人公。對於《琛姑娘的松林》我之所以有比較特殊的感情，其中一個原因就是我當年看這個影片時正上小學一、二年級，它是最早鐫刻在我記憶深處的電影之一。譬如三十多年來我一直記得那兩棵小樹苗長成參天大樹的鏡頭。至於人物，除了琛姑娘的一頭秀髮外，我對她父親的形象，至今也是記憶猶新。

想起來，我當年看這個影片時正處於對父親無比崇拜的年齡。和絕大多數青少年一樣，到了青春期就不這般「幼稚」了，認為他教了一輩子書依然一事無成。現今自己也到了當年父親四十多歲的年紀，回過頭仔細想想，才發覺他們那一代人過得真是不容易。所以這次上課講這個影片之前，我一直都沒有去碰它，這次是我這幾十年來第二次看這個片子。以後，恐怕很難再有重溫的勇氣了。

寅、「琛姑娘」的「琛」

對於文化被革命的1970年代的大陸來說，很少有人能讀出「琛」字的標準音，所以很多人都把它讀作「深」，但這個問題在1980年代初期卻被無意之中解決了：當年大陸一名高官的名字中有這個字，由於他從外交部副部長而部長，再升至主管外交事務的副總理，十幾年來不間斷地出現在新聞媒體當中，民眾想不知道正確讀音也難。類似這種國家政要的名字在文字上的掃盲作用，1990年代也有，譬如「鎔」字，據說是被大陸廢除已久的異體字，但因為是當時總理名字中的一個，所以又將字重鑄收入字庫使用。

還有一個字，當然與以上例證的原因無關，只能當一個大類型來閒講一句，那就是深圳的「圳」。對於1980年代之前絕大多數大陸民眾來說，這是一個遙不可及、一輩子都不會想到會和自己有什麼關係的陌生地方，內地有人念這個字，往往會念成「深川」。可是從1980年代開始，無論是深圳還是深圳的「圳」字，哪個不知？誰人不曉？萬千民眾的大事小情，連同大陸的影視劇製作還有詩歌小說散文，要是不帶上個「圳」字，簡直都有自己不好意思開口說話乃至苟存於世的意思了。

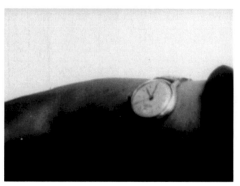

卯、琛姑娘戴的手錶

如果說，琛姑娘這個人物形象給當時中國大陸觀眾尤其是男性觀眾留下深刻印象的話，那麼琛姑娘戴的這塊手錶，可以說讓幾乎所有的觀眾過目不忘。因為直到 1980 年代中期，手錶都是大陸民眾生活當中極為奢侈的必需品。尤其是要結婚成家的男女，是必備的「四大件」之一。「四大件」又稱「三轉一響」，「三轉」即自行車、縫紉機、手錶；「一響」是指半導體收音機。由此可見，當年的觀眾看見一小姑娘家，（還是農村小姑娘，還是越南農村的小姑娘），都有手錶戴，那感覺只能用「羨慕嫉妒恨」來形容——何況那手錶還是「上海牌」。2010 年後的大陸，據說結婚也要必備「四大件」，曰：房子、車子（汽車）、票子（金錢）、妻子（或老公）。

辰、影響與借鑒

1970 年代的「文革」，正是大陸文藝一片肅殺的時期，因此，數量和片源有限的外國電影，也就是這些社會主義國家的電影，既影響著億萬觀眾，更影響著包括其中的、還未成為電影藝術家的一代青少年。譬如後來成為大陸當紅作家的王朔，以及第五代導演的代表人物如陳凱歌、張藝謀等，他們後來的作品表明，這批外國電影對他們的人格心理機制，以及他們的藝術理念和表現方式多有塑造之力。張藝謀導演的《紅高粱》（1987），高粱地裏那段鏡頭其實對應於阿爾巴尼亞電影《第八個是銅像》中的相似場景，第六代導演代表人物之一的姜文，其《陽光燦爛的日子》（1994）裏面，主人公馬小軍在屋頂上行走的那段抒情長鏡頭，也與阿爾巴尼亞電影《他們也在戰鬥》中的段落有著對應性關聯。

巳、延伸讀片（按譯製時間排序，黑體標出的爲產生重大影響的影片）

1、《**同一條江**》，1959 年出品，上海電影譯製廠 1960 年譯製；

2、《**阿甫夫婦**》，河內電影製片廠 1961 年出品，上海電影譯製片廠 1962 年譯製；

3、《**浮村**》，1964 年出品，長春電影製片廠 1965 年譯製；

4、《**森林之火**》，河內電影製片廠 1966 年出品，長春電影製片廠 1970 年譯製；

5、《**前方在召喚**》，河內電影製片廠 1969 年出品，長春電影製片廠 1972 年譯製；

6、《**阿福**》，河內電影製片廠 1969 年出品，八一電影廠 1971 年譯製；

7、《**回故鄉之路**》，越南河內電影製片廠 1971 年出品，長春電影製片廠 1972 年譯製，1973 年上映；

8、《**山村女教師**》，河內電影製片廠 1969 年出品，北京電影譯製廠 1973 年譯製。〔註 8〕

〔註 8〕 本章在收入本書前，正文文字中（除了經典臺詞和戊、多餘的話）大約 9000 字曾以《越南電影與 20 世紀 10 年代的中國大陸社會——以 1972 年譯製公映的〈琛姑娘的松林〉爲例》爲題，發表於 2014 年第 2 期《文化藝術研究》（杭州，季刊）。特此申明並將雜誌版**英文摘要**附後供讀者批判。

Vietnamese Films and Chinese Mainland in the 1970s: A Case Study on Rung o Tham Dubbed and Released in 1982

Abstract: Vietnam is a small country for Chinese either in history or today，but this small country has been particularly and closely related to mainland China since 1949 for the two countries are highly similar in ideology，interdependent in military affairs and genetically linked in culture. Especially in the 1960s，North Vietnam became a hot spot for tensions between mainland China and imperialist America. Therefore，on the one hand，Vietnamese films were accepted without

初稿時間：2006 年 6 月 10 日
初稿錄入：方捷新
二稿改定：2013 年 11 月 14 日～26 日
配圖時間：2013 年 11 月 16 日～17 日
校改修訂：2015 年 3 月 1 日～3 日

barriers and aroused repercussions in mainland China; on the other hand，they undesignedly filled in the cultural gap of mainland China with unique cultural connotations and artistic expressions. *Rung o Tham* dubbed and released in 1972 is an example.
Key words: the period of the Cultural Revolution; dubbed films; Vietnamese films; *Rung o Tham*

《橋》（1969）：「那一天早晨，從夢中醒來」——南斯拉夫影片與中國大陸電影文化的對接與排異

閱讀指要：

　　和大陸當時引進譯製的所有的社會主義國家電影一樣，南斯拉夫電影的間斷性出現，始終是中共和南共意識形態高度一致和國際政治立場同質化的產物。但南斯拉夫電影在呈現出鮮明的民族、國家和文化特色的同時，其對正反面人物形象的描寫刻畫，以及主題思想和藝術表達方式，卻對大陸觀眾已然固化有年的電影審美模式和觀影心理產生了顛覆性的衝擊。在這一方面，「文革」時期作為「內參片」譯製、「文革」結束後才向普通民眾公映的《橋》最有代表性。尤其是影片的主題歌《啊，朋友再見》在大陸的普遍翻唱和廣為流行，愈發擴大了南斯拉夫電影的世俗化影響。

關鍵詞：南斯拉夫電影；「內參片」；正反面人物形象；審美模式；觀影心理；

專業鏈接 1：《橋》（故事片，彩色），南斯拉夫，1969 年出品，北京電影製片廠 1973 年譯製。VCD（雙碟）時長：95 分 33 秒。

>>> 編劇：喬・萊博維奇、普・戈魯博維奇；

　　導演：哈・克爾瓦瓦茨。

>>> 主要人物（按出場順序）：

　　　　馬克・馮・費爾森上校（德軍第 238 山地團團長，配音：方輝）、霍夫曼博士（德國國家保安總局黨衛軍上校，配音：譚天謙）、「老虎」（炸橋小分隊隊長）、摩爾基・迪希（善用飛刀的小分隊隊員）、朱塞佩・匹瓦多尼（爆破專家、小分隊隊員）、班比諾（被同伴不得以炸死的小分隊隊員）、曼奈（小分隊隊員）、工程師（大橋設計者）、葉琳娜（接應小分隊的線人的姐姐）、考斯（外號「貓頭鷹」的黨衛軍上尉）。

專業鏈接 2：原片中文片頭、演職員表及片尾字幕（標點符號為錄入者添加）

片頭字幕：

南斯拉夫波斯納電影製片廠 1969 年攝製。

南斯拉夫 1944。《橋》。

編劇：喬・萊博維奇、普・戈魯博維奇；

導演：哈・克爾瓦瓦茨。

總攝影：奧・米利切維奇；作曲、指揮：博・阿達米奇。

老虎——巴・日沃伊諾維奇，配音：魯飛；

工程師——斯・佩羅維奇，配音：雷明；

匹瓦多尼——博・德沃爾尼克，配音：侯冠群；

貓頭鷹——雷・巴希奇，配音：關長珠；

葉琳娜——西・米亞托維奇，配音：吳素琴；

迪希——博・貝戈維奇，配音：王炳彧；

曼奈——約・亞尼契耶維奇，配音：勞力；

班比諾——伊・加洛，配音：李連生。

翻譯：潘耀華，導演：張錚，錄音：鄭春雨。

片尾字幕：

北京電影製片廠譯製。1977 年。〔註 1〕

經典臺詞：

「施密特，我的望遠鏡」——「是，上校先生！」

「您可以看出，保衛這座橋對我們說來，具有多麼重要的政治意義」——「這座橋的軍事意義，我是知道的」——「當然，可是你對政治不感興趣嗎？」——「我是個軍人，霍夫曼博士」。

「戰爭是發揮一個人才能的好機會」——「是啊，如果他能活得長的話」。

「你看，這些橋拱像什麼？說呀」——「像屁股！嗯，像臀部，博士先生」——「施密特，施密特，你永遠是一隻豬，沒有想像力的糊塗蟲！」——「是，上校先生！」

「你以為凡是意大利人就是我們的盟友嗎？你永遠不會懂的」。

「班比諾，你能行的話，我帶你去開開眼」——「謝謝你，我看你沒有我也活不了」。

「這兒蒼蠅不少啊」——「是啊，到冬天就該死了」。

「你對我感興趣，叫我怎麼謝你呢？」

「你們沒法兒炸掉它。德國人像狗看骨頭一樣」。

「怎麼？他跟德國人合作嗎？」——「他跟自己都不合作！他連茶杯都不會打碎，還能炸毀他的橋？」

「你還想試試嗎？我看對你沒好處！」

「黨衛軍上校霍夫曼博士要見你！」——「我不認識這位先生」——「你會認識的！跟我們走吧！」——「能讓我再喝杯茶嗎？」——「那兒有更好的茶。俄國茶！」

〔註 1〕《橋》最初是作為「內參片」譯製的，時間是 1973 年。寫這篇文章時，我依據的 VCD 版本，第一個只有一個字的中文片名（見插圖二），此處的字幕源自另一個版本。這個版本有兩個問題，首先，主要反派角色如馬克·馮·費爾森上校和霍夫曼博士等，演員姓名和配音者姓名一概缺失，（因此，》》》主要人物中的相關信息是根據從網上收集的其他相關信息綜合而來的）。其次，這個版本標注的譯製時間是 1977 年。但是，這兩個版本都是刪節版，應該是刪去了葉琳娜和摩爾基的情感戲。這種版本不一、信息不完全的情形，可能的根源在於其「文革」時「內參片」身份的原因。所以我推測，這兩個版本都是 1977 年拿出來的公映版翻拍。至於作為「內參片」放映時是否就已經是刪節版，這個問題我是無法回答和解釋的，尚祈高人指點。

「我該榮幸地跟誰走呢？」——「你得立刻跟我們走！」

「你想讓蓋世太保來逮捕你嗎？」——「可我為什麼願意你們逮捕我？！」

「咱們是同事——你建橋，我炸橋」。

「我想他是跟著你的」——「我帶你來不是讓你想的！」

「彼得羅維奇先生可不可以告訴我你們要到哪兒去呀？」——「去收玉米！」——「嗯，聽說今年的玉米長得不錯呀」。

「這是殺過人的手，是一個老兵和多年流浪漢的手——還到過西班牙！——你到那兒去幹什麼？也是去掰老玉米？！」

「請你把手放下吧——女人的內心我總是琢磨不透」。

「我不喜歡我的人坐在那兒閒著」。

「從餐廳裏給他們拿飯——我付錢」。

「你是德國人嗎？」——「不是，我母親是德國人，所以，得到了他們的信任」。

「這是個傳統，建築師完成他的作品以後，就再不回去欣賞她了」。

「告訴我，我們把炸藥放在哪兒？」——「你們想往哪兒放就往哪兒放！」

「是您請我來的嗎？」——「對，我讓人叫你來的」。

「上級命令我們保衛這座橋，不惜任何代價。可是命令裏並沒有說代價有多高」。

「特殊事件的內情應該把它保存在墳墓裏」。

「你為什麼不刮鬍子？」——「皮膚感染」。

「屈服吧上校先生，死了也沒有用」。

「上校馮·費爾森奉命接將軍過橋」——「謝謝上校先生，你以為你不來接，我們就會走錯了路嗎？」

……。

以往影片人氣指數：★★★★★

現今觀賞推薦指數：★★★★★

甲、《橋》的譯製與公映

　　和其他的歐洲社會主義國家一樣，南斯拉夫的電影早在 1950 年代就進入中國大陸，而且其影響也一直持續到 1980 年代。不完全的數據表明，那三十年間中國大陸一共譯製引進了大約 30 部左右的南斯拉夫電影，其中，1950 年代 8

部，1970 年代 19 部，其餘 9 部爲 1980 年代譯製〔註2〕。從這個簡單的統計可以看出，1950 年代南斯拉夫電影的引進和譯製，是中國大陸對以蘇聯爲首的歐洲社會主義國家意識形態全方位接受的「大動作」中的一個必要組成部分。

〔註 2〕 這些影片的相關信息如下（按譯製時間排序）：

    1、《他倆》，1954 年出品，長春電影製片廠 1956 年譯製；

    2、《當機立斷》，出品時間不詳，長春電影製片廠 1956 年譯製；

    3、《小勇士歷險記》，出品時間不詳，上海電影製片廠 1956 年譯製；

    4、《舊恨新仇》，1952 年出品，上海電影製片廠 1956 年譯製；

    5、《攻城計》，出品時間不詳，上海電影製片廠 1957 年譯製；

    6、《追擊者》，出品時間不詳，長春電影製片廠 1957 年譯製；

    7、《大與小》，1951 年出品，長春電影製片廠 1958 年譯製；

    8、《那不是白費》，出品時間不詳，長春電影製片廠 1958 年譯製；

    9、《老鼠的覺醒》，1967 年出品，上海電影製片廠譯製，譯製時間不詳；

    10、《内雷特瓦河戰役》，出品時間不詳，上海電影製片廠 1969 年譯製；

    11、《橋》，1969 年出品，北京電影製片廠 1973 年譯製；

    12、《瓦爾特保衛薩拉熱窩》，1972 年出品，北京電影製片廠 1973 年譯製；

    13、《67 天》，1974 年出品，長春電影製片廠 1977 年譯製；

    14、《黑名單上的人》，出品時間不詳，上海電影製片廠 1977 年譯製；

    15、《夜襲機場》，1967 年出品，長春電影製片廠 1978 年譯製

    16、《黎明前到達》，出品時間不詳，長春電影製片廠 1978 年譯製；

    17、《第 26 個畫面的佔領》，出品時間不詳，長春電影製片廠 1978 年譯製；

    18、《巧入敵後》，出品時間不詳，中央電視臺 1979 年譯製；

    19、《蘇捷斯卡戰役》，出品時間不詳，長春電影製片廠 1979 年譯製；

    20、《南方鐵路之戰》，出品時間不詳，長春電影製片廠 1979 年譯製；

    21、《縮小包圍圈》，出品時間不詳，上海電影製片廠 1979 年譯製；

    22、《黑名單上的人歸來》，1977 年出品，上海電影製片廠 1980 年譯製；

    23、《游擊飛行中隊》，1973 年出品，北京電影製片廠 1980 年譯製；

    24、《臨時工》，出品時間不詳，長春電影製片廠 1982 年譯製；

    25、《遠征伊格曼》，出品時間不詳，上海電影製片廠 1983 年譯製；

    26、《開往克拉列沃的列車》，出品時間不詳，上海電影製片廠 1984 年譯製。

    27、《你好，出租車》，出品時間不詳，長春電影製片廠 1986 年譯製；

    28、《熾熱的愛情》，1984 年出品，上海電影製片廠 1986 年譯製。

（數據收集整理：邢軍）

　　1960 年代，南斯拉夫電影的引進譯製之所以是一個空白，原因是大陸官方認為，南斯拉夫已經和蘇聯一樣，墮落為非社會主義的「修正主義國家」〔註3〕。而 1970 年代至 1980 年代，之所以又恢復譯製和公映南斯拉夫電影，是因為中、南兩黨，又在與蘇聯決裂和共同敵對的立場上找到了一致的結果——直接原因，是為了迎接 1977 年時任南斯拉夫領袖的鐵托來華訪問，而第二年，當時的中共領導人華國鋒回訪南斯拉夫。

　　一般地說，當年的觀眾很少會把南斯拉夫電影和其他東歐社會主義國家的電影混同。譬如 1970 年代初期也就是「文革」後期，民眾對公映的外國電影——也就是社會主義國家的譯製片，曾用「順口溜」的民謠形式做了如下的點評：「越南電影，飛機大炮；朝鮮電影，哭哭笑笑；羅馬尼亞電影，摟摟抱抱；阿爾巴尼亞電影，莫名其妙；中國電影，新聞簡報」。顯然，蘇聯電影和南斯拉夫電影不在這個名單之中，究其原因，前者是「老大哥」，一般人說不得，（哪敢呀？）後者對普通民眾公映時，「文革」已然結束，即所謂的「改革開放」開始後，西歐、北美，還有日本這樣的資本主義國家電影大批湧入，人們的選擇多了，牢騷話就少了，或者說，不好看的電影也就懶得說了。

從姓氏上判斷，這位步兵團長馬克·馮·費爾森上校出身貴族無疑，而他的氣質和修養，遠勝於那個自稱博士的前黨衛軍少尉、戰爭爆發戶霍夫曼上校。

但可怕的是，黨衛軍不僅能指揮國防軍，還掌握職業軍人的檔案，更可怕的是，黨衛軍還決定著軍隊和整個國家的命運。

　　實際上，《橋》、《瓦爾特保衛薩拉熱窩》都是在「文革」後期的 1973 年被引進和譯製的，但當時並沒有公映，而是「內部放映」，行話叫「內參片」，也就是有範圍、分級別、按地位地提供給特殊階層或群體觀賞或「批判」的影片，屬於文化產品的特供。1970 年代大陸民眾的娛樂方式和可消費的文化

〔註3〕 參見《人民日報》編輯部、《紅旗》雜誌編輯部：《南斯拉夫是社會主義國家嗎？——三評蘇共中央的公開信》（一九六三年九月二十六日），載 1963 年 9 月 26 日《人民日報》。

產品很少，外國文藝作品更是稀缺。外國電影只局限在蘇聯、東歐和朝鮮、越南等幾個社會主義國家，19 世紀的西洋古典音樂也在禁止之列。

主要正面人物便裝出場，並和其他游擊隊員相向而行。隱喻「老虎」卓爾不群的性格和能力。

領導向「老虎」交代炸橋任務。這一點倒和中國大陸的紅色經典電影有相像之處，但更藝術。

而《橋》不僅故事精彩，音樂也極為出色。所以一經公映，民眾反響相當強烈。譬如影片的主題曲《啊，朋友再見》就被音樂界廣為翻唱、流佈甚廣。1970 年代末至 1980 年代初，由於當時進入的西方輕音樂被認為具有意識形態色彩，所以曾經被大陸官方視為資產階級文化的代表之一而大加批判。但翻唱《橋》的主題曲是非常保險的，因為它來自社會主義國家的電影。但稍加分析就會發現，《橋》又和同樣屬於社會主義國家的中國大陸電影有著許多的不同之處。

刀子玩兒得很酷的迪希很受觀眾的熱捧——1970 年代的大陸，哪個男孩不喜歡玩兒刀子？

霍夫曼的隨從施密特是「扣子型」的人物，負責調節氣氛與節奏。這種人物好看不好配，《橋》做得很好。

乙、《橋》的正反面人物形象設計與中國大陸的文化讀解語境

無論從當時還是現在來看，對《橋》的引進和譯製都是一個正確的選擇。影片圍繞抵抗組織設法炸毀德軍控制的一座橋展開，開篇即開宗明義：炸橋

的任務是艱巨的，又是必須要完成的。人物也是順序登場，但是正面人物的身份卻充滿懸念。除了小分隊的隊長之外，幾乎所有的人都有可疑之處，直到影片快結束的時候才真相大白：自己的隊伍裏都是「好人」，「壞人」真的只來自於穿德軍軍裝的敵人一方。《橋》的主題思想其實與中國大陸電影並無二致，但人物的設計和主題的表達卻是後者無法比擬的。

兩個親如兄弟的小分隊員幾乎同時出場的畫面，強化和提升了後來兩人悲劇性結局的基調。

曼奈本來就是刻意設置的「可疑人物」，所以他坐在壞人中間出場，更提高了觀眾的「警惕」。

子、反面人物

《橋》從一開始就出乎絕大多數大陸觀眾的意料，開場居然用了六分多鐘來正面展示敵人，而且入情入理，很有看頭；所有反面人物形象，哪怕是一個小角色，都刻畫得有理有據、很有藝術魅力。一號「壞人」、黨衛軍上校霍夫曼這個人物，就和大陸觀眾傳統觀念裏兇神惡煞又愚蠢顢頇的反面人物形象大相逕庭。譬如他有勇有謀、博學多才。剛接受守橋任務，就已經開始和還未出發的炸橋小分隊鬥智鬥勇。到影片快結束時人們才發現，他的自負和對國防軍上校的輕慢自有他的道理。用他的話說，守橋首先具有「重要的政治意義」，其次，「這座橋不會受到正規部隊的攻擊，可是會受到游擊隊的襲擊」，所以，「這件事交給我吧，這是我的專長！」

這個人物之所以謀略過人，又之所以可信，是因為邏輯上站得住，這與他的職業背景有關。戰爭爆發前，霍夫曼不過是一個黨衛軍的少尉，幾年之間他憑什麼爬得這麼快？他自己解釋得也很到位：「戰爭是發揮一個人才能的好機會」。的確，戰爭這個特殊時期最能鍛鍊人，而單純的職業軍人如馮·菲爾森上校是玩兒不過這種政治化軍人的。（很多類似題材的大陸電影在人物塑造上往往喜歡走極端，譬如反面人物無論計謀還是勇敢都會低人一等，大陸觀眾反

覆觀看的《南征北戰》、《地雷戰》和《地道戰》就是如此）。霍夫曼不僅有謀而且有勇，譬如在槍口下被迫下令部隊集合，可一旦被解救出來就拎著槍帶人去找小分隊決一死戰。如此強大的對手最終失敗，只能映襯出勝利者更為強大。

　　另一個人物，陸軍團長馮·菲爾森上校也出乎絕大多數大陸觀眾的意料。這個上校的戲並不多，但對他的性格刻畫特別到位和細膩，就那麼短短的幾個鏡頭，卻展示了其豐富的內心世界。並非所有的德國人都是壞人，即使是戰爭期間；一般人也知道，國防軍和黨衛軍既有區別，相互之間也有隔膜。譬如黨衛軍從政治和人格上看不起國防軍，而從職業軍人的角度，國防軍又看不起黨衛軍。霍夫曼和馮·菲爾森的對手戲就很形象地解釋了這種心理意識。霍夫曼很看不上馮·菲爾森，認為他沒有發揮自己的才能，（其實是認為他沒有多少才能），所以才一直沒有晉升。兩人是同一戰壕的對手，最後的贏家是馮·菲爾森上校，因為只有他活著見到了將軍，當然也活著見到了自己軍隊的失敗。

似乎任何一個社會主義國家的任何一部電影都願意拿知識分子形象開涮。譬如這位橋梁工程師，獨處時也是一副萎靡不振、精神渙散的狀態，其意識形態指導下的價值判斷一覽無遺。

炸橋小分隊隊長「老虎」和工程師對視，中間走來的是爆破專家和他的助手。這也許是一個隱喻：知識分子覺悟低，還固執。「不見棺材不掉淚」、「不見黃河不死心」；應該被「教育」。

　　和兩個上校相比，第二號反面人物、外號貓頭鷹的黨衛軍軍官考斯性格刻畫也比較抓人，譬如給他安排的戲分讓人震撼，那就是用所有德軍特遣隊隊員的生命換取小分隊的信任。「貓頭鷹」最後死在小分隊隊長「老虎」的手下，這個情節符合電影「最後解決衝突」的慣常模式，即以兩個對手最後對決的方式來解決矛盾衝突，帶有濃鬱的西方文化色彩。「貓頭鷹」這個形象唯一的缺陷是他的局限性：在大陸觀眾看來，這個人面相不善，陰氣較重，看上去就不像好人。除此之外，這個人物身上還有許多吸引人的地方，譬如他審問小分隊的那場戲，臺詞很有些黑色幽默的意味，屬於影片的經典段落。

小分隊隊員班比諾受傷後，爲了避免敵人將其活捉，進而暴露炸橋計劃，小分
隊隊長命令朱塞佩扔出烈性炸藥將他和德軍一同炸死。

　　即使那些地位不重要、臺詞也不多的次要反面人物，也多有出彩之處，
令人印象深刻。譬如那個直到影片最後才出現的德國將軍，一共才三個鏡
頭、三句臺詞。面對馮‧菲爾森上校的迎接，他只說了一句話：「謝謝上校
先生，你以爲你不來接，我們就會走錯了路嗎？」這句話我琢磨了近二十
年才明白，原來通往這座橋只有一條路，他不走這條路就沒有別的路可以
走，（此句更深層次的意味是：德國軍隊只有一條路可以走——失敗之路）。
第二個鏡頭是他問，到達大橋還有多長時間，上校告訴他還有十五分鐘，
他非常清晰地說了聲「謝謝」。這個鏡頭是爲影片情節發展服務的，屬於平
行蒙太奇，因爲此刻橋上正展開一場殊死爭奪。第三個鏡頭是將軍面對炸
毀的橋說了一聲：「馮‧費爾森先生，我們失敗了」。老人無奈而悲涼的心
境躍然而出，同時又再一次印證著勝利者的悲壯——這比單向度的歡呼要
負責任得許多。

戰爭是殘酷的代名詞，涵義之一就是，要想解決敵人，有時候必須自己人先解
決自己人。

丑、正面人物

所有的正面人物也都給觀眾留下深刻印象，首先是代號「老虎」的小分隊隊長，這是英雄中的英雄，但他的許多言行卻很不符合大陸觀眾心目中的英雄人物模式。譬如大陸電影中塑造的這類英雄人物，每次在上級交待任務的時候都是摩拳擦掌，做急不可待狀；對上級交待的任務從沒有任何要求，更沒有討價還價，除了信心滿滿，標準答案幾乎都是「保證完成任務」，還有就是「絕不辜負……」之類的話。但「老虎」卻不遵從這一套路。譬如，領導找他來布置任務，他居然說「我正在休假」。言下之意就是，看我閒著是嗎？

而工程師要爲班比諾的死負間接責任，這看似影片的敘事關節，其實是意識形態邏輯的需求。

其次，上級讓他去把橋炸了，他反問：「那該怎麼炸呢？用什麼辦法炸？」領導只好說：「這要你——去想辦法完成任務」。待他又知道時間緊任務急的時候，居然又說：「這樣的條件，辦不到」。好不容易應承下來，他又特地叮囑領導說：「不要急於把橋從地圖上勾掉」，顯得很沒有信心。領導的回答「我已經把橋勾掉了」倒顯得不容商量。當然這是影片欲擒故縱的編導手法，但這樣的「接受任務」模式，大陸觀眾與其說是很難接受，倒不如說是暗自吃驚——這是共產黨員（該說的話）嗎？

在完成任務的過程中，作爲小分隊的領導，「老虎」居然還會不斷地犯錯誤。譬如挾持來的工程師半路逃跑了，雖然主要是手下看管不力，但他是責無旁貸的，一共才幾個人的小隊伍？還有，來到秘密聯絡點後，用來和上級聯繫的電臺被德軍臥底破壞了。這個錯誤是他直接犯下的，因爲他對那個臥底從一開始就毫無防範心理，還向臥底單獨泄露了半夜的發報時間。作爲一

個英雄人物，「老虎」的這些問題都是缺點，一時難以與大陸觀眾的觀影心理
對接。但正因如此，這個人物才顯得真實、可信。如果英雄都能無條件地、
順利完成上級交給的一切任務的話，那戰爭就是小孩子過家家的遊戲了。

小分隊全體隊員在另一處地點被德軍俘獲，提審的是外號貓頭鷹的黨衛軍上尉
考斯。反面人物一般都會安排長得很猥瑣，尤其是臥底或叛徒之類，這一點，
前南斯拉夫電影倒和中國大陸電影有聲氣相通之處。

「老虎」手下的那些隊員，首先是摩爾基・迪希，一個玩兒飛刀很在行、
又對新老大無比忠誠的冷面殺手，這樣的人物排在小分隊人選的第一位，多
少有點走旁門左道的意味，因為他們是去炸橋不是去暗殺。這樣的人選當然
有用，譬如是他用刀幹掉了門外偷聽的特務，避免了小分隊「出師未捷身先
死」的悲劇發生。但這個人物更重要的作用是鏈接，即一頭連著曼奈，一個
面目不清的地下工作者；一頭是一個女人，和他有扯不清、道不明的關係。
其實這兩層關係是清楚的，影片結束之前兩個男人都相互諒解了對方，但那
層男女關係觀眾卻不清楚，原因無他，被刪掉了。

但故事敘述的緊要關頭由反面人物出來插科打諢，這卻不符
合當時大陸「紅色經典電影」的精神。

德軍準備槍斃炸橋小分隊時，考斯從背後開槍，用這些士兵的生命，換取了小分隊的信任。

小分隊隨後帶著考斯奔赴秘密聯絡點，以便使用那裏的電臺在夜裏三點向上級報告情況。

　　其次是爆破專家朱塞佩・匝瓦多尼和他的小兄弟班比諾，兩人情同手足。但這兩個人物卻是大陸觀眾以前從沒有見過的電影人物形象，從一定程度上說，也是觀眾很難接受的形象。譬如沼澤地遭遇德軍那場戲，班比諾射殺了眾多德軍士兵後受傷倒地，邊掙扎邊哀叫著朱塞佩來救他。可朱塞佩不僅救不了他，還不得不親手點著炸藥將他和德軍一同炸死。因為「老虎」命令「不能讓活捉了！扔炸藥！」這樣的場景在戰爭中是常有的，但在以往的大陸電影中是絕對沒有的。因為第一，好人不會死（犧牲），第二，死（犧牲）之前不會哭，更不會喊朋友來救他，第三，要喊就要喊口號；最要緊的是，自己人怎麼會把自己人炸死呢？

　　再次是曼奈，後來在橋頭與摩爾基・迪希並肩作戰時犧牲了。這個人物形象直接對應於大陸電影中潛伏於敵戰區的「我黨地下工作者」，但他的「偽裝」或嫌疑色彩過於濃鬱。譬如他第一次出場就是和敵軍們混在一處做不明不白的金錢交易，這一點連監視他的班比諾也被蒙蔽。所以當小分隊內部排查叛徒時，他的「嫌疑」最大。編導的障眼法當然值得稱讚，但最成功的人物設計，是那個自稱是聯絡員姐姐的神秘女人。負有特殊使命的一群男人中突然出現這樣一個人物，這對當時的大陸觀眾來說簡直就是看到了奇迹，譬如她高聳的胸部和短裙下的白腿長靴，這顯然是一段感情戲的必要裝備，可惜不見了劇情交代。

丙、《橋》在歷史認知和電影本體層面與大陸電影的異同及其世俗影響

　　以《橋》為代表的南斯拉夫戰爭題材的影片，讓大陸當時的觀眾尤其是電影工作者感受最深的，是一種勝利者書寫歷史的認知態度。本來，在這一

點上，中國擁有絕不亞於南斯拉夫的、事實上更應爲之自豪的歷史事實和話語資源。那就是，中國不僅同樣是第二次世界大戰即反法西斯戰爭的勝利者之一，同時也是歷史地位和歷史作用更爲重要、更爲積極，犧牲最大、貢獻最多的大國之一。但從整個中國電影歷史的角度看，中國電影對這一段歷史的描述和反映，依然還有很大的拓展空間或曰話語空間有待佔領和表述。僅僅從1970年代前後，即《橋》進入中國大陸的時期內、以《橋》爲例來比較看待就會發見，差距與不同甚多。

接應小分隊的線人的姐姐葉琳娜，在新聯絡點應該有場與迪希的情感戲，但這一段獨一無二的重要關節點似乎是譯製時被大陸「有關方面」刪了。

霍夫曼博士接到考斯的情報，立刻派人去圍剿藏在聯絡點的小分隊，但小分隊成功地逃脫了。

子、認知心態

《橋》的整體基調是悲壯的，結局是震撼的，屬於英雄主義的藝術表現範疇。與此形成對照的是，中國電影尤其是1949年以後的大陸電影，對於過去這段歷史、尤其是戰爭的描述和表現大多失之於簡單和狹隘。其具體體現，首先是迴避態度，或者說，是刻意遮蔽策略。因爲戰爭中即使是最終勝利的一方，也有許多過程中的失敗、痛苦，乃至屈辱或恥辱，譬如「南京大屠殺」。

　　其次，對戰爭或戰役甚至一場戰鬥的勝利，表現上失之粗略和主觀處理，往往見事不見人，或者見人不見心，更沒有能夠引發人們深入思考的東西。橫跨1950年代至1960年代的「老三戰」（《南征北戰》、《地雷戰》和《地道戰》），以及1970年代從「樣板戲」中延伸出來的那些樣板電影，雖說屬於極端表現形式，但也的確反映出1949年後的大陸電影在對歷史以及戰爭認知上的偏狹傳統。這個令人痛苦的過程直至2000年前後才被新一代的中國導演所終結，那就是姜文的《鬼子來了》（2000）和魏德聖的《賽德克‧巴萊》（2011）。

小分隊的下一步行動是準備去修道院取炸橋用的炸藥，考斯將這個信息留給了追捕的德軍。一個修女用鐘聲報告了修道院被德軍佔領的消息，雖然她被德軍軍官打死，但小分隊得以再次脫離危險。

丑、思想啟蒙

　　從三十年的時間軸線上看，《橋》對大陸社會和電影觀眾最大的貢獻之一，就是打破了大陸民眾已經僵化許久的電影審美模式和思維定勢。譬如前文討論過的人物形象塑造，無論是正面人物還是反面人物都真實可信，都被盡可能地還原到歷史語境當中，能夠使觀眾盡可能感受到真實的和殘酷的歷史。從這一點說，大陸電影之所以能夠在1980年代形成健康發展的態勢，包括《橋》在內的思想和藝術啟蒙作用是不應該被遺忘和低估。單就「第五代導演」而言，像陳凱歌、田壯壯這樣的「大院子弟」，來自國外的眾多「內參片」，既是他們稀缺和寶貴的精神營養，也是奠定他們思想和藝術的重要組成部分。即使是張藝謀這樣出身草根階層的文藝青年，也能夠通過公開放映的眾多外國電影，直接體認和最大程度地吸收外國電影尤其是西方電影思想表達和藝術敘事技巧〔註4〕。

〔註4〕這樣的啟蒙對於大陸第六代已經不是如此重要了，因為他們的生長背景和藝術生態已經大為改觀，譬如至少由於網絡的出現，大陸「第五代導演」當年面臨的社會、文化、尤其是意識形態方面的桎梏和封閉已經全然被打破。

霍夫曼和考斯以爲計劃成功，但不知道小分隊已經來到橋上，打昏警衛後直接從庫房拿炸藥。

寅、從容創作

而對於普通觀眾而言，包括《橋》在內的、其他同時期的南斯拉夫電影以及其他外國電影的敘事模式，使他們有耳目一新的感覺。這種感覺的源頭，其實是藝術作品創作者心態自然體現的結果。從創作的角度來說，以《橋》爲例，其效果之所以被人稱頌，是因爲整體敘述的「從容」。所謂「從容」就是「成竹在胸」，具體體現在編導對於題材、人物的把握和駕馭得當，所謂技巧只是一種技術體現。譬如故事的結局是注定的，但故事的講述過程能做到收、放有致。類似的故事其實在 1949 年後的大陸所在多見，但之所以沒能收到如此好的效果，原因之一就是把故事講得很「急」。譬如急於告訴你勝利的結果、急於歡呼雀躍。這是藝術的大忌。結局其實不重要，因爲就歷史而言，結局已然存在且不可更改，而藝術的魅力就在於表現形成結局的過程，這才可以見出藝術家的功力。譬如《橋》，直到爆破專家從橋上掉下去，觀眾都不知道這個任務能否完成；最終完成任務的，是那個小分隊都不認可的大橋設計師（工程師）。

小分隊挾持考斯來到霍夫曼的辦公室，用槍逼著他下命令讓德軍不得離開營房並全體集合。　　此時的馮·費爾森上校已經到了橋那一邊的公路上，迎接到了很快就要過橋的德軍坦克部隊。

卯、審美心理

雖說包括《橋》在內的絕大多數外國電影，是以被多少二度創作的譯製片的形式進入中國大陸並產生社會影響的，但觀眾還是普遍受到了外來文化和藝術表達的薰陶與教育。譬如同樣面對「二戰」，同樣作為付出巨大代價的勝利國，人們看到的是不同文化背景下電影和人性的表達方式和表現手法。就《橋》而言，人們在感受悲壯的同時，審美心理也受到極大地衝擊。因為此前的大陸觀眾並不習慣接受英雄會軟弱、會哭泣、還會怕死的人性顯露，可這些在《橋》當中都出現了。譬如人們可以接受朱塞佩炸死班比諾後的嚎啕大哭，但卻對班比諾因為恐懼死亡而哭泣的情景感到震驚；同樣，當小分隊懷疑那個聯絡員的姐姐時，她表現出的驚恐和哀求，也是人們所不習慣的。最讓人不能接受的是，被包圍的小分隊沒有任何抵抗就放下武器接受了德軍的俘虜，還要經受黨衛軍的盤問和羞辱──即使知道這是做戲也難以接受，因為這和中國大陸電影的藝術傳統和表現形式太不一樣了。

辰、知識分子

《橋》裏面的工程師是正面人物中唯一的知識分子，但有意思的是，他直到最後捨身炸橋之前的表現，都是大陸觀眾所熟悉的反面人物的形象和做派：沒有愛憎分明的階級和民族立場、沒有大義凜然的慷慨陳詞，動搖、懦弱、逃避現實，個人名利思想（其實是職業道德）高於一切。譬如當小分隊挾持他去炸橋時，他居然幽了一默，說：「我該榮幸地跟誰走呢？」最重要的是，正是因為他半路逃跑才造成了班比諾的死亡。這樣，這個人物的塑造就不是個體現象，而是具有集體意義了。因為，在同時期（1970 年代）的中國大陸電影二元對立，即非好即壞的人物形象模式中，知識分子基本上是中間偏壞，而且比較猥瑣。

這種傾向源自 1950 年代初期，到「文革」時期達到頂峰，其根源又在於1949 年後中國大陸社會對知識分子整體上的階級定位和集體認知。換言之，知識分子始終是被中國大陸當局排斥、批判乃至否定的對象之一。在這一點上，北朝鮮的電影可謂心領神會，譬如《看不見的戰線》（1970 年譯製）中，一切壞人除了國外的南朝鮮反動派和美、日帝國主義分子，就是出身地主階級的知識分子〔註5〕。《橋》最後給工程師安排了一個與大橋同歸於盡的結局，反映了南共和中共不約而同但又異曲同工的示眾效應：知識分子只有通過犧

〔註 5〕 對這部朝鮮電影的討論，請參見本書的有關章節。

牲才能救贖自己的靈魂，以生命作爲提升政治品質和社會地位的代價〔註6〕。

與此同時，工程師在大橋的中央，正在告訴朱塞佩・匹瓦多尼放置炸橋炸藥放置的具體位置。

偶然出現的德軍軍官解救了被扣押了的同伴，考斯趁機拉響警報器奪門而出，雙方開始混戰。

巳、世俗影響

　　從1976年「文革」結束後，眾多向普通民眾公映的外國電影都有一個有趣的現象，那就是影片中有許多可以稱之爲名言警句和幽默段子的對話和臺詞，常常會很快融入當時的中國大陸社會當中，經常被人引用，或者成爲表達特定情感的媒介。《橋》也沒有例外，而且許多很有藝術品味和生活趣味的話語還出自反面人物之口。譬如黨衛軍上校和國防軍上校之間的言語較量，可謂攻伐有秩、機鋒閃亮：

　　　　「您可以看出，保衛這座橋對我們説來，具有多麼重要的政治意義」——「這座橋的軍事意義，我是知道的」——「當然。可是你對政治不感興趣嗎？」——「我是個軍人，霍夫曼博士」——「戰爭開始的時候我只一個黨衛軍少尉。哼哼，戰爭是發揮一個人才能的好機會」——「是啊，如果他能活得長的話」。

　　一個影片當中能出現一些意味雋永的臺詞，這本身就是藝術功能得到正常發揮，也就是創作上能夠做到從容的體現。這方面的高潮出現在「貓頭鷹」審訊小分隊全體隊員那場戲：

　　　　「彼得羅維奇先生可不可以告訴我你們要到哪兒去呀？」——「去收玉米！」——「嗯，聽説今年的玉米長得不錯呀。請問，那

〔註6〕　在影片中，這個人物甚至連個名字也沒有，就被叫做「工程師」——直接用職業工種代替人的姓名。不知道這是原影片的形態還是譯製片的政治覺悟所致。今天回過頭來看這一點，眞是讓人感慨萬千。1949年後的中國大陸知識分子可謂元氣喪盡、血脈微弱、苦不堪言、不堪回首。

誰是你們的收穫隊隊長呢？……這是殺過人的手，是一個老兵和多年流浪漢的手——還到過西班牙！——你到那兒去幹什麼？也是去掰老玉米？……請你把手放下吧——女人的内心我總是琢磨不透」。最後這句臺詞顯然已經超越了影片本身的哲學高度〔註7〕。

小分隊迅速搶佔有利位置，利用守橋德軍優良的武器裝備，對反攻的的德軍官兵大開殺戒。

午、模式的顛覆

1949 年以後，尤其是經歷過「文革」的「洗禮」以後，中國大陸觀眾對電影的認識已經變得模式化和膚淺化。譬如但凡一個人物出來，只要看其面相（好看還是難看）、打扮（敵軍裝還是工農裝）、口氣（理直氣壯還是陰陽怪氣），就知道他是「好人」還是「壞人」，而他們的結局也就順理成章了。所以《橋》對當時中國大陸絕大多數觀眾絕對是匪夷所思、前所未見的：怎麼「好人」看上去不像「好人」，「壞人」看上去倒更像屬於「好人」的「正面形象」？影片的結局，雖說是「意料之外，情理之中」——畢竟終於完成

〔註 7〕相信當時許多性心理成熟的人，可能會對這句話有更多的感慨，但當時作為中學生的我和小夥伴們，更津津樂道和經常模倣的，是工程師與橋頭值班軍官的那段對話。軍官質問：「你為什麼不刮鬍子？」工程師猶豫片刻後回答：「皮膚感染」。這個回答堪稱奇葩，所以每當小夥伴們課堂上看到哪個老師沒有刮鬍子，就會互相遞個眼色，同時嘀咕一句曰：皮膚感染。
至於那些包含正能量的對話，大陸觀眾更能心領神會。譬如班比諾到酒館裏看見曼奈和一群敵軍官鬼混時對老闆說：「這兒蒼蠅不少啊」，後者的神回答是：「是啊，到冬天就該死了」。這些不無幽默的臺詞並沒有損害影片的主題，相反倒在整體上提升了影片的智商含量。類似的橋段在《瓦爾特保衛沙拉熱窩》裏也有，但你能想起來同時期和同題材的中國大陸電影中有這些話嗎？如果有，那也只能反過來用。譬如前兩年的流行歌曲《嘻唰唰》，歌詞中所謂「拿了我的給我送回來，吃了我的給我吐出來」，其實出自《閃閃的紅星》當中反面人物的臺詞；而這部影片的正面理解並沒有一點喜劇效果。

了上級領導交給的光榮任務了哈——但是,炸橋的英雄最後卻摔死在橋下;同樣讓當時的觀眾不能接受的就是班比諾的死:被自己人炸死?怎麼也得搶救回去交到房東大娘那裏養個傷什麼的呀。現在的觀眾都會承認,正是這種「不能接受」的事情和人物,才恰恰反映了戰爭的殘酷和歷史的真實。

丁、結語

即使多年後的今天再來看《橋》,也得承認,影片裏面的人物,無論是正面人物和反面人物都是真實的、立得住,也經得起時光磨洗的,多少年後再看《橋》,甚至只要聽到《啊,朋友再見》——無論是原唱還是翻唱——都會讓那些曾經的觀眾感慨萬千、乃至熱血沸騰。從電影傳播的角度上說,《橋》的公映時間正值「文革」電影橫行十年,中國大陸社會剛剛「改革開放」,人們對無論是西歐、東歐,還是日本、美國的電影都感到無比新奇。像《橋》這樣的、來自社會主義國家南斯拉夫的電影,無論是電影理念還是人物形象、表現方式,都與中國大陸觀眾被灌輸和熟悉了十幾、二十幾年之久的電影模式有著認識上和接受上的根本不同。

小分隊隊長「老虎」把爆破手放到橋下安裝炸藥後,轉身打死了趕來對決的「貓頭鷹」考斯。

曼奈在戰鬥中犧牲,臨死前他和並肩作戰的摩爾基・迪希相互原諒了對方。第二對矛盾化解。

相對於其他歐洲社會主義國家的電影即譯製片而言,南斯拉夫的影片還是很有口碑的,譬如《橋》、《瓦爾特保衛薩拉熱窩》、《第26個畫面的佔領》、《臨時工》、《你好,出租車》,以及《開往克拉列沃的列車》等,都給人們留下深刻印象,尤其是前兩部最為著名,叫好的人也最多。1970年代末至1980年代初,中國大陸公映的日本電影捧紅了一個叫高倉健的日本影星,而南斯拉夫影片也讓中國大陸觀眾認識和接納了一個南斯拉夫的男影星,那就是《橋》、《瓦爾特保衛薩拉熱窩》和《你好,出租車》中的男主演巴・日沃伊

諾維奇。歐洲人的名字不如日本人的名字好記，一般中國人既記不住也不願意說這麼拗口的外國名字——又不是英語名兒，考試也不考——所以都熟絡地稱之爲「瓦爾特」。上世紀八十年代的中國大陸男青年要是不知道這個名字，那是不可想像地落伍——當然，不知道其他名字也不行，譬如栗原小卷、真由美、橫路敬二什麼的。

即使是今天，更爲年輕的一代觀眾，對南斯拉夫電影還是多有共鳴。譬如網上有人說：「《橋》在今天來看也仍然不遜於好萊塢水準的戰爭片，單看它的商業價值，已經足以屹立世界影壇。而從技法上來看，無疑也是現實主義的經典之作」〔註 8〕；原因之一就是，「整部片子在戰爭的大背景下面，充滿了對人性的描摹」〔註 9〕；相形之下，我更欣賞這樣的評價：「這部電影在中國當時的影響力不亞於現在的泰坦尼克號」〔註 10〕。任何經典都有值得重溫的價值和一再致敬的理由，尤其是將《橋》置於當年的接受語境和文化氛圍的時候，因爲，她與幾代人的成長經歷和生命體認直接關聯。

戊、多餘的話

子、《橋》刪了一場激情戲？

經典往往意味著殘缺。就《橋》而言，有理由懷疑當年中國大陸民眾看到的譯製片是一個刪節版。譬如小分隊潛入藏有發報機的聯絡點後的那場夜景戲，那個半路加入的女人披衣起床到院子裏，看見的是摩爾基在站崗執勤；她出去時，趴在桌子上的曼奈醒了。緊接著，是小分隊發現聯絡點的主人被暗殺的那一組鏡頭。我懷疑這中間有一場戲被刪掉了，證據是小分隊逃到山洞裏試圖找出誰是臥底的時候，曼奈揭發說那個女人晚上出去找過摩爾基，摩爾基也承認了，這說明當時三個人都在場。不管兩人是以怎樣的方式親熱，應該是被曼奈撞見了，可是影片電影中並沒有這個場景的鏡頭。

其次，「老虎」爲了迷惑考斯，命令摩爾基去把那個女人綁起來殺掉。面對女人的哭泣和哀告，摩爾基表現得特別猶疑不定。而觀眾從一開始就知道，

〔註 8〕 jealous：《〈橋〉：父輩與夢想》（2012-06-17 00:27:00），文章來源：http://i.mtime. com/6134289/blog/7396415/。

〔註 9〕 飛寒：《〈橋〉：啊 朋友再見！》（2007-06-21 09：19:06），文章來源：http://movie. douban.com/subject/1305697/reviews。

〔註 10〕 淺嘗、白蘭地：《〈橋〉：童年的回憶，經典的傳承！》（2011-02-27 00：03：42），文章來源：http://movie.douban.com/subject/1305697/reviews。

「老虎」讓工程師躲進橋上的掩體，自己則端起機槍猛烈掃射衝上橋面蜂擁而來的德軍士兵。

朱塞佩安裝好炸橋炸藥後往橋面上攀爬的時候，被橋下的德軍開槍打傷，但他堅持著往上爬。

摩爾基能被選入小分隊，靠的就是對「老虎」無條件的服從。所以他此時的猶豫，很可能是因為他與這個女人有過一場激情戲的原因。

這種非婚姻關係的感情戲在東歐洲社會主義國家的電影中並非沒有先例，譬如羅馬尼亞電影《神秘的黃玫瑰》（1984 年譯製），任何人都可以看出正面人物與敵方女特務之間的激情戲有被刪節的痕迹。因此，如果《橋》裏有激情戲並不奇怪，而同樣不奇怪的是它被刪節。從大的方面說，凡是中國大陸引進公映的譯製片，無論當時還是近來，完全不被刪節的現象還沒有消失，因為條件不具備——很少有人注意到，影片中的插曲《啊，朋友再見》也是刪節版〔註11〕。

〔註11〕 《啊，朋友再見》歌詞，源自北京電影製片廠集體譯配。但市面上的 VCD 版本中，最後兩段歌詞，有的沒有最後兩段歌詞，有的沒有中文字幕（黑體字部分）。

　　　　一天早晨，從夢中醒來
　　　　侵略者闖進我家鄉
　　　　啊朋友再見，啊朋友再見，
　　　　啊朋友再見吧再見吧再見吧
　　　　游擊隊員快帶我走吧
　　　　我實在不能再忍受
　　　　啊朋友再見吧再見吧再見吧
　　　　如果我在戰鬥中犧牲
　　　　你把我埋在山崗上
　　　　啊朋友再見，啊朋友再見，
　　　　啊朋友再見吧再見吧再見吧
　　　　你把我埋葬
　　　　在山崗上面
　　　　再插上一朵美麗的花
　　　　每當人們從這裏走過

丑、人物與民族性的性格共振

好電影就像古往今來一切民族的帥男靚女一樣，都會注意身材比例的勻稱，細節上絕不會馬虎，事實上常常蘊藏著閃光點。就《橋》中的次要人物而言，還有兩個人值得一提。一個是在橋頭堡值班的低級軍官。是他發現工程師抽煙而且沒有刮鬍子，雖然結果有驚無險，但這個人物的機警和盡職給觀眾留下了非常深刻的印象。這種機警和盡職還表現在他站在橋頭不斷地來回踱步，正因如此，才讓他對霍夫曼辦公室經久不息的電話鈴聲產生警覺，這才發現小分隊綁架了他的上級、控制了橋頭堡。實際上，影片中所有的德國人都從不同的方面體現德意志的民族特性，那就是嚴謹而固執、理性又狂熱。

負傷的朱塞佩只來得及將起爆器放到橋面上，然後就因為體力不支，從高空墜入橋下山谷。

霍夫曼被部下解救出來後立即率領手下衝上橋面，但在離起爆器不遠的地方被小分隊擊斃。

　　啊　朋友再見吧　再見吧再見吧
　　每當人們從這裏走過
　　都說多麼美麗的花
　　這花屬於游擊隊戰士
　　啊朋友再見吧再見吧再見吧
　　這花屬於游擊隊戰士
　　他為自由獻出生命

另一個次要人物職別更低，但他不僅貫穿全片始末，而且常有驚人之語，那就是霍夫曼博士的隨從兼司機施密特。施密特一開始就跟隨霍夫曼上校出場，隨後他又奉命爲馮‧費爾森上校開車去接將軍過橋。所以說這個人物貫穿全片，見證了德軍、小分隊和橋之間的命運，決不能被忽略。這個小兵是個非常有意思的人物，（或者說，是被編導處理得非常有意思），行爲舉止和說話用詞，既符合他的身份，也見出他的個性。

譬如霍夫曼無論對他說什麼，他都會立正回答：「是，上校先生」。最讓觀眾忍俊不禁的是那段著名對話：霍夫曼拿著橋的照片問施密特：「你看，這些橋拱像什麼？說呀」。這傢夥看了看，羞澀地一笑：「屁股」。看到上校的無奈和不快，他又立刻自作聰明地回答：「像臀部，博士先生」。

施密特之所以改口，是因爲他以爲霍夫曼嫌他用詞不當，所以才自作聰明地用「臀部」替換「屁股」。觀眾看到這裏沒有不失笑的。其實，就連當時的青少年觀眾也知道，這句臺詞，施密特一開始說的，應該是橋拱「像女人屁股」。但顯然，譯製時被「改了口」。這種來自中國大陸官方譯製時的「冷處理」方式，在當時那個年代沒有對不對的問題，只有怎麼做的問題。但問題是，經歷過了近二十年之後，人們再看到這一節就要想了：施密特與霍夫曼博士之間的關係是不是有點兒曖昧？（常有學生聽到我這麼說就大笑不已）。

馮‧費爾森上校陪同德軍坦克部隊一起向大橋進發，只有十五分鐘路程了。這是平行蒙太奇。　　起爆線卡住了，工程師在小分隊其他成員的呼喚下，毅然拿起朱塞佩留下起爆器，扭動按鈕。

寅、博士

霍夫曼博士也是《橋》裏面反面人物中知識分子的代表——另外兩個是馮‧費爾森上校和沒能過成橋的將軍。當年眾多的中國大陸觀眾是從這個電影中才知道有一種學位名稱叫博士。博士具體是神馬意思或幹什麼的，很多人其實不甚了然，因爲此種事物在中國大陸斷檔許久。1950 年代初期的 1952

年，中國大陸高校被自上而下地實行所謂「院校調整」的大「改革」後，不僅教學內容和模式完全是跟著蘇聯走，連校園佈局也照搬蘇聯那一套，學位之類的軟件建設更不在話下，譬如除了博士學位還有副博士學位。

1960 年代中、蘇交惡後，又改，不僅博士和副博士學位沒有了，連大學都不招生了。大學沒有了，「士」也就無從說起，只剩下「革命戰士」和「五・七戰士」。1977 年大學恢復招生，1978 年又開始招收第一批研究生，而在此之前畢業的學生，包括「文革」後期的「工農兵大學生」，大學畢業時只有學歷，沒有學位。從 1981 年開始直到現今還沿用的學位制度，是跟著英、美等西方國家過來的，學士、碩士，最高學位是博士。「博士後」不是學位，只是一種研究資歷，可現今卻被中國大陸社會弄成了比博士還高一級的「學位」。說起來，根子在那個可惡的德國佬霍夫曼那兒。

卯、檔案

霍夫曼博士其實是個土包子，因為他毫無教養。譬如他命令馮・費爾森上校到橋那邊去迎接坦克部隊過橋，上校來了後問：「是您請我來的嗎？」霍夫曼的回答是：「不，是我叫你來的」。馮・費爾森上校一看就是老派的職業軍官，貴族出身，紳士風度，彬彬有禮，但對資歷和水平都遠不如自己的霍夫曼，上校是一點兒轍都沒得。為何？蓋霍夫曼是黨衛軍上校，屬於黨國核心階層，國防軍充其量是職業民兵、黨外人士。但馮・費爾森上校並不買霍夫曼的帳，想用軍功壓那土包子一頭，所以倆人初次見面就不無自豪地說：「我曾負過四次傷」。對此，霍夫曼不無輕蔑地回了一句：「三次，上校先生，是三次——第四次你不過被炸彈震了一下」。

工程師與他的橋同歸於盡，真正做到了此生此世生死相依。此情此景令人有人琴俱焚之歎。

　　當時的觀眾看到這裏無不心領神會。什麼意思？因爲黨衛軍上校掌握了國防軍上校的檔案材料。到了 1970 年代，幾乎所有的大陸民眾都被一個自己看不見但時常能夠感知的秘密東西所控制，那就是個人檔案。那年代沒有什麼人沒有檔案，檔案是人們的第二皮膚，有時候甚至是第一生命，但自己卻從沒有見過。你做過的事說過的話統統都有記載——至於是否眞實那就只有「組織上」知道了。霍夫曼的意思是，我掌握著你的一切，包括你的前程。

面對此情此景，德國將軍歎息說：「我們失敗了」。上校回答說：「可惜！眞是一座好橋」。幸存的小分隊隊員也感慨這是座好橋，但他們更多的是在憑弔曾經一同出生入死的親密戰友。

辰、延伸讀片（按譯製時間排序，黑體標出的爲產生重大影響的影片）

1、《他倆》，1954 年出品，長春電影製片廠 1956 年譯製；

2、**《瓦爾特保衛薩拉熱窩》**，1972 年出品，北京電影製片廠 1973 年譯製；

3、《黑名單上的人》，出品時間不詳，上海電影製片廠 1977 年譯製；

4、《67 天》，1974 年出品，長春電影製片廠 1977 年譯製；

5、《夜襲機場》，1967 年出品，長春電影製片廠 1978 年譯製

6、《黎明前到達》，出品時間不詳，長春電影製片廠 1978 年譯製；

7、《第 26 個畫面的佔領》，出品時間不詳，長春電影製片廠 1978 年譯製；

8、**《蘇捷斯卡戰役》**，出品時間不詳，長春電影製片廠 1979 年譯製；

9、**《臨時工》**，出品時間不詳，長春電影製片廠 1982 年譯製；

10、《開往克拉列沃的列車》，出品時間不詳，上海電影製片廠 1984 年譯製。

11、《你好，出租車》，出品時間不詳，長春電影製片廠 1986 年譯製。

〔註 12〕

〔註 12〕　收入本書前，本章正文部分約 10000 字（不包括經典臺詞和戊、多餘的話以及部分注釋），曾以《南斯拉夫影片與中國大陸電影文化語境的對接——以北

初稿時間：2006 年 5 月 23 日

初稿錄入：丁珊珊

二稿補充：2008 年 4 月 29 日

二稿錄入：李慧欣

三稿補充：2010 年 11 月 29 日

三稿錄入：喬月震

四稿改定：2013 年 12 月 5 日～17 日

配圖時間：2013 年 12 月 7 日～12 日

校改修訂：2015 年 3 月 4 日～5 日

霍夫曼博士自稱是「國家保安總局的」，當時的觀眾大多並不清楚這句話啥意思，所從何來。但只要一聽說他是黨衛軍上校，那就沒問題了——基本上恍然大悟。

轉身，繼續戰鬥。這個畫面也暗示著，摩爾基·迪希與葉琳娜曾經有過一段美好的愛情往事。

京電影製片廠 1973 年譯製的〈橋〉（1969）爲例》爲題，發表於 2014 年第 2 期《汕頭大學學報》（雙月刊）。特此申明，同時將雜誌版英文摘要附後。

The Bridge of Cultural Context between Yugoslavia Films and Films of Mainland China: "Bridge"（1969）Dubbed by Beijing Film Studio in 1973

Abstract: Like other films of socialist countries introduced into China at the time, the Yugoslavia films，discontinuously released, are a kind of products resulted by high similarity of ideology and homogeneity of international politics. Displaying the very ethnic, national and cultural characteristics, the Yugoslavia films subverted Chinese audience's stereotyped film aesthetic mode and viewing psychology with their portrayal of positive and negative characters, their themes and artistic expressions. The most representative film is "*Bridge*" which was translated as "an internal film" viewed by only a few of people during Cultural Revolution. After the Revolution, it was released to public. The theme song of the film "Ah, Goodbye My Friends"，very popular in mainland then, extended the worldly influence of Yugoslavia films.

Key words: Yugoslavia film; positive characters; negative characters; aesthetic mode，viewing psychology;

《流浪者》(1951):「孩子，長大了你一定要當法官」——印度電影中的理念傳播以及中國大陸的社會反響

閱讀指要:

　　早在 1950 年代，刪節版的《流浪者》就曾經在中國大陸公映。但影片對中國大陸產生廣泛和重大社會影響的時間，卻是 1970 年代末期的重新公映之時。《流浪者》的重新公映與當時中國大陸社會的歷史發展同步合拍，既滿足了官方對重整法律秩序以及全民普法教育的政治需要，也迎合了億萬失去話語權和飽受政治迫害與歧視的弱勢群體的情感訴求。影片反映出的社會等級觀念、「血統論」、貞潔觀念與文化邏輯，既與中國本土文化發生同質性對應，也與當時大陸社會的情感教育相呼應:在否定人性缺失的時代背景的同時，對青年觀眾的情感教育與情感啓蒙、對重塑中國大陸家庭觀念以及對中老年人的情感撫慰都居功厥偉，形成的跨時空的文化與思想共振。而影片強大的敘事功能、「苦情戲」的傳統效應、歌舞元素的充沛使用，以及大眾化的表現技巧與心理畛域探微，意味著《流浪者》的藝術價值值得再次重估。

關鍵詞:印度電影;《流浪者》;拉茲;麗達;文化邏輯;法律與良心;

專業鏈接 1：《流浪者》（故事片，黑白），印度，1951 年出品，長春電影製片廠 1955 年配音複製。公映版 /VCD 版（四碟）/ 刪節版時長：162 分鐘，DVD 版/未刪節版時長：168 分鐘。〔註 1〕

〔註 1〕 IMDB 裏《流浪者》標注的時長是 193 分鐘，估計這是印度版本的原始時長。中國大陸市場售賣的 VCD 版本有兩碟裝（129 分鐘）、三碟裝和四碟裝（162 分鐘）三種版本，兩碟裝刪去了幾乎所有的歌舞段落，三碟裝刪去了有關宗教歌舞的段落，推測這可能是當年一些中小城市兩種放映版本的翻拍。四碟裝是我當年看到的公映版翻拍，與 DVD 版未刪節版對比，當年的電影版《流浪者》一共刪除的時長約爲 6 分多鐘。下面是刪節的起止時間、被刪節的具體內容（包括臺詞、場景等）和刪除時長：

子、小幅度的刪減內容（共計 12+18+8+20+35=93 秒）：

1. 00:06:24～00:06:36：臺詞：「你被指控蓄意謀殺拉貢納特法官，你可以申辯」，刪減時長：12 秒；

2. 00:20:43～00:21:01：臺詞：「你問這個幹什麼？隨便問問」，刪減時長：18 秒；

3. 00:26:22～00:26:30：臺詞：「不，我哪兒也不去！別把我從這裏趕走！他知道我是清白的！他相信我！他相信我！」刪減時長：8 秒；

4. 02:00:55～02:01:15：場景，麗達生日（成年）宴會上，女伴尋找麗達的鏡頭，刪減時長：20 秒；

5. 02:40:05～02:40:40：臺詞「你的良心會讓你說什麼」之後，拉貢納特的面部特寫，以及坐在辦公桌前悔悟的鏡頭，刪減時長：35 秒；

丑、被刪減和修改的歌舞段落（共計 35+274=309 秒）：

1. 歌舞段落：「你拋棄了你的妻子」，刪減時長：35 秒，（DVD 版 00:28:50～00:31:25 持續時長 02:35，VCD 版 00:26:28——00:28:28，持續時長：02:00）

>>> **編劇**：克・阿・阿巴斯、烏・布・薩特海；
　　導演：卡茲・拉普爾。

>>> **主要人物**：

　　　拉茲（飾演者：拉茲・卡普爾）、麗達（飾演者：納爾吉司）、拉貢納特法官（飾演者：普里特維拉茲）、拉茲的母親里列（飾演者：里列・密斯拉）；強盜扎卡（飾演者：克・恩・辛格）。

專業鏈接2：原片中文片頭、演職員表及片尾字幕（標點符號爲錄入者添加）

　印度拉茲・卡普爾電影公司出品。

　長春電影製片廠配音複製。《流浪者》。

　編劇：克・阿・阿巴斯、烏・布・薩特海；

　導演：拉茲・卡普爾；

　攝影：拉德胡・卡爾馬卡爾；

　美術：穆・拉・阿赫列卡爾；

　作曲：桑凱爾・扎伊吉尚；

　錄音：阿拉烏丁；

　舞蹈導演：克里仕納・古馬爾、蘇里亞・古馬爾、西姆基。

　演員表：

　　　小拉茲——祖貝達，配音：蘇庭石；

　　　小麗達——里列・斯希特尼斯，配音：張桂蘭；

---

2. 拉茲夢境段落：從疊化鏡頭開始進行刪減，刪減時長：04:34=274秒，（DVD版疊化之後的鏡頭01:36:14——01:45:34，持續時長：09:20，VCD版疊化之後的鏡頭00:09:06——00:13:32，持續時長04:26），被刪除內容包括：女主角和全部女伴舞的部分舞蹈、男主角噩夢舞蹈、印度土著神神像、骷髏鏡頭。

（數據統計、計算與核實：王棵鎖、李梟雄）

拉茲——拉茲・卡普爾，配音：從連文；

麗達——納爾吉司，配音：向雋殊；

拉貢納特——普里特維拉茲，配音：白景晟；

里列——里列・密斯拉，配音：白玫；

扎卡——克・恩・辛格，配音 高榮第。

譯製職員：翻譯——尹廣文；導演——徐明、張普人；錄音——王林。

片尾字幕：

完。1955 年。第 23 號。

經典臺詞：

「今天這個案件確實很驚人，我心裏很激動」——「就是判誰死刑，跟你有什麼關係？」——「這是什麼話？」

「我保證不說一句謊話，完全據實申訴」。

「拉貢納特先生，你知道不知道被告為什麼要殺害你？他跟你有仇嗎？」——「有。這種仇恨是罪犯對法官的仇恨，因為法官對賊、對強盜向來是毫不留情的」。

「老師，你常教導我，在法庭上不應該昧著良心說話，要公正。如果我在這裏說的話使你難過，引起你精神上的痛苦，那你要原諒我。這是我第一次做律師，請祝賀我」。

「你稱被告為天生的罪犯，這是什麼意思？請你解釋」——「這我認為用不著解釋，他是天生的流浪兒，從他父母那裏繼承了犯罪的天性」。

「回憶過去是很痛苦的」。

「父親是好人，兒子一定是好人；父親是個做賊的，兒子一定也是個賊！」「好人的兒子是好人，賊的兒子一定是賊」。

「你真不知羞恥！」——「哼，紳士才講羞恥。我是強盜。從前我祖父是強盜，我父親是強盜，可我不是強盜。後來，是你丈夫把我逼成了強盜」。

「媽，流浪兒是幹什麼的？」——「那是些不喜歡做工的人，不務正業，偷別人的東西，流浪兒啊，都是些壞人，整天喝酒啊賭錢的」——「那麼他們都快樂吧？媽，我長大了也要做個流浪兒！」——「你說什麼！以後可不許你說這樣的話，你長大要當法官，法官！像你父親那樣！」

「我媽不讓我要別人的東西」——「不讓你要，你不會自己奪嗎？」

「我要去做工！」——「蠢貨，做工？你真傻，聰明人從來不做工！」

—233—

「對了對了對了！去偷去偷！去搶！去殺人！去放火！像我這樣，一直幹到死！」

「你不懂輸出輸入是幹嘛的？媽……你兒子現在是大商業家了。我告訴你，輸出輸入這句話就是，從裏邊拿出去，從外邊拿進來。不過我們的營業是光把東西從外邊拿進來」。

「多虧您把錢包從賊的手裏奪回來了，最初我還懷疑是您呢」——「這我絕不怪你，我這個人的面貌，連警察有時候也會鬧出這樣的誤會」。

「是我童年的朋友，我們十二年沒見面了」——「十二年沒見了？現在的青年變化很快呀！」

「你要是再往前走一步，船可就是要翻了！」——「那怎麼呢？」——「那，就讓它翻好了」。

「這裏不用賊，趕快算賬滾蛋！」——「經理，做過賊的人你不用，那麼你打算讓這些人幹什麼去呢？他要吃飯，他不想餓死，不是還得去做賊嗎？」

「你說吧，你要多少錢才能不來糾纏她？」——「法官先生，我一向認為我自己是最壞的人，現在我才知道還有更壞的人，我敢斷定你比我壞好多倍！」

「法律不承認良心」——「法官先生，那麼良心也不承認法律！」

「你們有權利判處我任何刑罰，但是你判處我一個人，並不能拯救那成千上萬的窮人，他們很多人還會遭受到像我這樣悲慘的命運，你們判處我一個人，並不能消除犯罪的根源。……像我這樣忍受著貧窮和飢餓的人，還有成千上萬。現在你們不要為我想，你們想想這些孩子，想想貧民窟的那些孩子，你們要想想你們的孩子，你們的孩子！不要讓你們的孩子將來也成為罪犯……」

……。

以往影片人氣指數：★★★★★

現今觀賞推薦指數：★★★★★

甲、往事重提與舊片新生

　　據說早在《流浪者》出品公映後的一兩年，這個印度電影就在國際上產

生了重要影響，獲得過 1953 年第六屆夏納國際電影節的獎項〔註2〕。因此，這顯然是 1950 年代中國大陸選擇譯製的一個背景性因素；但同時，又多多少少和蘇聯電影有關。1950 年代是蘇聯電影一統整個中國大陸影壇的時代，「而《流浪者》在風格上與前蘇聯電影迥然不同，載歌載舞、節奏歡快，令人耳目一新」，這讓譯製人員都「非常興奮」〔註3〕。《流浪者》於 1955 年由長春電影製片廠完成譯製，1956 年，作為大陸電影局為專業人士召開專業會議的觀摩影片，與美國的《魂斷藍橋》、《鴛夢重溫》、蘇聯的《第四十一》，以及日本、意大利的影片一同放映〔註4〕。

〔註2〕 百度百科→《流浪者》→精彩視點，網址：http://baike.baidu.com/link?url=N5t3_
eyzArC5amQVwmyEK3qyXz3mgQZDxSWtpU8tadJsx-Nwhvv7iVM8G0MSdlGbjY
TIX-6RQwUlWFice1bbv5oNZ3XHp0tO4nnByp6wdQDLoRlbbi-5ypHREXFuIKp_。

〔註3〕 語出向雋殊（女主角、成年麗達的配音者），見【幕後人語】：《流浪者》：譯製片的空前「絕唱」，來源出處：百度知道 http://zhidao.baidu.com/question/1791
6991.html。

〔註4〕 「1956 年春天，中南作家協會武漢分會第一次會員代表大會召開。會議期間，同時開辦了一個電影文學講習班，由電影局局長陳荒煤帶領著名編導楊村彬、陳西禾等主持。當時每天看幾部影片，有上世紀三四十年代的國產影片，日本、印度、意大利等國影片，還有美國的《魂斷藍橋》、《鴛夢重溫》和蘇聯的《第四十一》等等。這在當時可是極大膽的思想解放。陳荒煤會上會下動員大家寫電影劇本，支持祖國的電影事業。……當時正是所謂的『文學藝術的春天』，這暖暖的春意，來自從蘇聯吹來的以愛倫堡為代表的『解凍』之風。那時正是『一邊倒』大學蘇聯的時候，跟在蘇聯文藝界後面亦步亦趨的中國文藝界，從 1953 年開始建立專門家的各種『協會』，到一再反對公式化概念化，在強調『藝術』和『提高』的路上，與原先的『政治第一』、『普及第一』的方向漸行漸遠。當時誰也沒有意識到，這一發展趨勢有什麼問題，會有什麼危險」。（以上括號內的文字轉引自：姜弘：《從李闖王到洪天王》，載《南方周末》2009 年 5 月 21 日，D23 版。

當年電影公映版《流浪者》中被刪節的場景、鏡頭例舉。這裏僅刪去了兩個鏡頭和一句臺詞，其中原因，我百思不得其解。

幾十年前中國大陸民眾看到的《流浪者》原來是個刪節版，左邊的 DVD 版的《流浪者》才是一個完整的未刪節的影片。譬如右側，影片一開始的這個畫面，就是以往的公映的影片沒有的。

　　雖說《流浪者》早在 1950 年代中期就在中國大陸公映，但當時似乎沒有產生太大的影響，或者說，當時觀眾和專業人士的反響很少見諸公開場合和文字記錄。這其中的一個重要原因就是，直到 1950 年代末期，新中國與以蘇聯為首的東歐社會主義國家集團正處於政治、經濟、軍事和文化等各領域高度一體化的「蜜月期」。因此，大陸對待和區分外國電影的唯一標準就是政治立場和集團背景，像蘇聯、東歐這樣的社會主義國家的電影顯然是最優等的和次優等的待遇，而以美國為代表的西方資本主義國家的電影，要麼被完全隔絕，要麼是被有選擇地引進一些老、舊影片「批判地看待」，新片被譯製的很少，而且基本上不對外公映〔註5〕。

〔註5〕在 1950 年 6 月抗美援朝還沒開打之前，包括毛在內的中共領導還在看美國電影，主要是好萊塢的新片，內地的大城市也還在放映美國電影。但朝鮮戰爭爆發後，「中美關係急劇惡化，新中國政府迅速調整了對美立場，包括開始施行制約好萊塢的政策。1950 年 7 月，中央文化部發佈《國外影片輸入》、《電影新片領發上演執照》等有關電影的法規，目的之一便是削弱好萊塢在中國的統治地位。到 1950 年秋，批判美國文化、特別是美國電影的社論和文章幾乎鋪天蓋地。……從批判的內容來說，這一時期對好萊塢的批判與 1949 年以前是一脈相承的，但批判方式卻大不相同。國民黨時期對好萊塢的批判僅限於知識分子精英圈子，而中國共產黨領導下的批判則成為了轟轟烈烈的群眾運動。政府有效地將觀影活動政治化，從而成功地創造了一種社會氛圍，將觀看美國電影視為消極頹廢、不思進取和缺乏愛國心的表現」，「在其後 30 年裏，普通中國觀眾再也看不到美國電影了，但好萊塢並沒有完全從中國銷聲匿跡。從 50 年代直到 80 年代初期，美國電影作為中國電影資料館的資料影片，被控制在一個小範圍內放映。（據一份上海市委宣傳部 1962 年的文件有內部閱片的調片記錄，見上海市檔案館，檔號 B177-1-260）」。以上括號內的

以上兩個畫面也是被公映時刪節的,換言之,僅片頭內容的刪就長達 47 秒。

　　至於印度這樣在新中國看來不屬於社會主義陣營的國家,其電影(譬如,都是在 1955 年譯製的《兩畝地》和《流浪者》),按照當時的政治標準,雖然具有譬如批判不合理的社會現實、反映貧苦民眾生活等「進步性」可資讚賞,但顯然缺乏那個集團時代或陣營特有的意識形態准入標準(譬如暴力革命和

文字轉引自:蕭知緯、尹鴻:《好萊塢在中國:1897～1950 年》,載《當代電影》2005 年第 6 期,第 65～73 頁,翻譯:何美。
而「中美關係急劇惡化」,「為新中國清除好萊塢電影提供了一個絕好的契機。1950 年 7 月,中央人民政府政務院先後頒佈了《電影業登記暫行辦法》、《電影新片頒發上映執照暫行辦法》、《電影舊片清理暫行辦法》、《國產影片輸出暫行辦法》、《國外影片輸入暫行辦法》等 5 項行政規章,其出發點和指導思想就是要削弱好萊塢在中國電影市場的支配地位,進而徹底清除好萊塢電影的影響」。(以上括號內的文字轉引自:饒曙光、邵奇:《新中國電影的第一個運動:清除好萊塢電影》,載《當代電影》2006 年第 5 期,第 119～126 頁)。從此以後,美國電影迅速從中國大陸銷聲匿迹——至少是在普通民眾視野中是如此。

當年電影公映版《流浪者》中被刪節的場景、鏡頭例舉。左圖:拉茲夢境中的神像;右圖:拉貢納特在辦公室悔悟發呆。

階級鬥爭等「革命要素」)。因此,《流浪者》在 1950 年代沒有對中國大陸產生或留下產生重大社會影響的記錄純屬「正常」。另一方面,對《流浪者》的失語,中、印兩國關係的變化也是更根本的原因之一：1962 年,因爲邊界劃分的歷史遺留問題,兩國爆發激烈的邊境武裝衝突,迄今雙方都宣稱自己捍衛了領土完整並大獲全勝。這場有限度的戰爭直接後果之一,就是中國大陸全面停止了對印度電影的引進和譯製。

這是當年電影公映版片頭的第一個畫面。但當時的觀眾很少關注這個畫面,也很難理解其深層涵義,原因之一是被影片優美嘹亮的主題歌旋律深深吸引,多少年後,還是難以忘懷。

據不完全資料,從 1955 年到 1961 年,中國大陸共引進譯製了 7 部印度電影,最著名的是《兩畝地》(出品時間不詳,上海電影製片廠 1955 年譯製)和《流浪者》(1951 年出品,長春電影製片廠 1955 年譯製)。之後就是長時間的空白,直到 1980 年,大陸才又恢復譯製印度電影。到 2011 年,共引進、譯製 28 部,其中社會影響最大、相對著名的是《大篷車》(1971 年出品,1980年譯製)、《奴里》(1979 年出品,1981 年譯製)、《啞女》(1979 年出品,1981年譯製)、《迪斯科舞星》(出品時間不詳,1985 年譯製),以及《三傻大鬧寶萊塢》(2009 年出品,2011 年譯製) 〔註6〕。對於許多 1990 年代長大成人的

〔註 6〕2012 年之前,中國大陸引進譯製的印度電影片目如下 (按譯製時間排序)：
1、《兩畝地》,出品時間不詳,上海電影製片廠 1955 年譯製；
2、《流浪者》,1951 年出品,長春電影製片廠 1955 年譯製；
3、《暴風雨》,出品時間不詳,長春電影製片廠 1955 年譯製；
4、《旅行者》,出品時間不詳,長春電影製片廠 1956 年譯製；
5、《大路之歌》,1955 年出品,上海電影製片廠 1958 年譯製；
6、《查雅布拉納》,出品時間不詳,上海電影製片廠 1961 年譯製；
7、《兩頭牛的故事》,1961 年出品,上海電影製片廠 1961 年譯製；

中國大陸觀眾來說，恐怕只知道或看過最後一部影片，原因是它得了 2012 年的奧斯卡最佳外語片獎。

8、《大篷車》，1971 年出品，上海電影製片廠 1980 年譯製；
9、《奴里》，1979 年出品，上海電影製片廠 1981 年譯製；
10、《啞女》，1979 年出品，上海電影製片廠 1981 年譯製；
11、《志同道合》，出品時間不詳，上海電影製片廠 1984 年譯製；
12、《迪斯科舞星》，出品時間不詳，上海電影製片廠 1985 年譯製；
13、《不能沒有你》，出品時間不詳，上海電影製片廠 1985 年譯製；
14、《海誓山盟》，1983 年出品，上海電影製片廠 1985 年譯製；
15、《復仇的火焰》，1975 年出品，上海電影製片廠 1988 年譯製；
16、《癡情鴛鴦》，1973 年出品，上海電影製片廠 1988 年譯製；
17、《水》，出品時間不詳，上海電影製片廠 1989 年譯製；
18、《緝毒誓官》，出品時間不詳，長春電影製片廠 1989 年譯製；
19、《影迷情豔》，出品時間不詳，長春電影製片廠 1990 年譯製；
20、《較量》，出品時間不詳，上海電影製片廠 1990 年譯製；
21、《超級舞星》，出品時間不詳，上海電影製片廠 1990 年譯製；
22、《血洗鱷魚仇》，1988 年出品，上海電影製片廠 1991 年譯製；
23、《父子怨情》，出品時間不詳，長春電影製片廠 1992 年譯製；
24、《討還血債》，出品時間不詳，上海電影製片廠 1992 年譯製；
25、《鐵窗怒火》，出品時間不詳，上海電影製片廠 1992 年譯製；
26、《情侶風塵》，出品時間不詳，上海電影製片廠 1993 年譯製；
27、《亡魂迷案》，出品時間不詳，上海電影製片廠 1994 年譯製；
28、《幽幽戀情》，出品時間不詳，上海電影製片廠 1995 年譯製；
29、《獵豹降妖》，出品時間不詳，上海電影製片廠 1995 年譯製；
30、《難斷絲絲情》，出品時間不詳，上海電影製片廠 1995 年譯製；
31、《印度拉賈》，出品時間不詳，上海電影製片廠 1999 年譯製；
32、《奇異的婚姻》，1997 年出品，上海電影製片廠 1999 年譯製；
33、《烈火恩仇》，1997 年出品，上海電影製片廠 2000 年譯製；
34、《印度往事》，2001 年出品，上海電影製片廠 2002 年譯製；
35、《三傻大鬧寶萊塢》，2009 年出品，中國電影股份有限公司 2011 年譯製。

當年電影公映版《流浪者》中被刪節的場景、鏡頭例舉。右圖是拉貢納特到監獄探望拉茲。

左圖：當時的觀眾絕大多數是第一次看到法庭戲，或者說，是第一次看到有法庭是這樣審理案件的。右圖：法官拉貢納特以原告的身份走進法庭。在生活中，他眞的就是男主演的父親。

　　但對於1980年代的中國大陸觀眾來說，從1970年代末到1980年代初期所謂的改革開放時期，《流浪者》的重新公映和社會影響力，保守地說，至少超過後來的一百個獲奧斯卡獎影片。因爲它和當時許多激動人心的外國電影一樣，不僅對中國大陸社會產生了重大影響，感動了當時數以億計的電影觀眾、留下難以忘懷的人生美好記憶，而且也因爲這些數以億計觀眾的熱愛，讓包括《流浪者》在內的這些老電影獲得了第二次、或者說是更爲旺盛的生命力。因此，《流浪者》不僅與新中國的電影觀眾有著複雜的歷史淵源，而且它的重新公映又與1970年代末到1980年代初期的中國大陸社會生態，以及大陸民眾的人生觀、價值觀和審美觀有著深刻的內在聯繫和普遍的外在關聯。更不用說，《流浪者》在文化傳統上有著與中國本土文化血脈相通的同質化和同構性特徵，進一步形成的是跨時空的文化與思想共振。

左圖：法庭上的拉茲。當時的觀眾根本沒想到被告可以這樣出庭，而且還可以得到法庭的尊重。右圖：扮演主審法官的是男主演的爺爺，好奇之餘，這多少消弱了觀眾對影片法治精神的深入理解。

乙、重新公映的《流浪者》與當時大陸社會的歷史發展同步合拍

現在重溫這部 1950 年代初期的老舊影片,當然可以輕而易舉地做出一些符合各種藝術產品定義的理性判斷。譬如說,影片「通過一個複雜的故事昭示了一個極富哲理的社會問題,從開始的人倫親情悲劇到社會寫實,再轉成黑色電影和卓別林式喜劇,中段又變成浪漫到極點的愛情劇,然後又是悲喜交集的恩怨糾葛,加上不時點綴的動聽歌曲和華麗歌舞,充分發揮寶萊塢電影特有的大雜燴風格」〔註7〕。但對於幾十年來把電影當作政宣手段之一的中國大陸而言,重新公映的《流浪者》首先滿足了新時期的政宣需求,或者說,迎合了當時中國大陸社會的政治形勢;其次,影片的主題思想客觀上成為那些幾十年來被剝奪了話語權、飽受政治迫害與歧視的弱勢群體的情感代言人。

律師麗達申請為拉茲辯護。無論是作為女主演還是男人心中的偶像,她都屬於女神出場。律師是原告拉貢納特的學生、養女和隱秘的精神戀人,被告是原告的親兒子,又是律師的戀人。

子、對官方重整法律秩序的滿足迎合以及全民性的普法教育功效

在 1970 年代末期到 1980 年代初期,《流浪者》的重新公映,首先滿足了中國大陸官方整頓法律秩序、強調法律尊嚴的意識形態需求,即借助藝術的形式,在予以政治解讀的同時,迎合了中共「撥亂反正」、正本清源的政策需要。譬如,官方的說法是把「四人幫」顛倒的秩序再顛倒過來。所謂「顛倒的秩序」指的是在「文革」時期,中國大陸的法律法制和社會秩序被徹底顛覆。也就是說,至少在「文化大革命」十年間,中國大陸根本沒有法制可言。一個明顯的標誌,是公、檢、法等法律機構被「砸爛」(撤銷)。那時候

〔註7〕 百度百科→《流浪者》→精彩視點,網址:http://baike.baidu.com/link?url=N5t3_eyzArC5amQVwmyEK3qyXz3mgQZDxSWtpU8tadJsx-Nwhvv7iVM8G0MSdlGbjYTIX-6RQwUlWFice1bbv5oNZ3XHp0tO4nnByp6wdQDLoRlbbi-5ypHREXFuIKp_。

的普通民眾都知道，公安就等於法院，根本不知道還有檢察院這麼一說。用現在的觀念來看，「文革」十年應該屬於軍事管制或者說是軍事戒嚴時期。所以「文革」結束後官方所說的「撥亂反正」，就法律層面理解，就是恢復、健全法律制度、強調法律意識、試圖用法律來指導國家和政黨的行為。

看到麗達，拉茲表示同意法庭給自己指定這位律師為自己辯護，隨後主審法官說「你被指控蓄意謀殺拉貢納特法官」以及「你可以申辯」。當年的電影公映版本刪去了這些臺詞和畫面。現在看來，官方的這種手法既愚蠢，又可笑。

　　雖然從今天來看，中國大陸迄今也還沒有完全走上以法治國的國際化軌道，但當時的當局者至少有這樣反覆強調的官方表述。譬如峨眉電影製片廠1980年拍攝了一部從正面反映中共對法律重視和尊重的影片《法庭內外》（導演：馬雅舒、郭連文；主演：田華、陳佩斯），影片中有大段的庭內辯護和調解橋段，顯然這是從《流浪者》裏的法庭戲直接借鑒過來的。當時的中國大陸不僅法律程序不健全、不完備，而且上下都普遍存在法律意識淡薄的現象。因此《法庭內外》雖然沒有什麼藝術成就，給人留下深刻印象的只是陳佩斯飾演的反面形象，但對於把電影當成政宣工具的電影生產機構來說，圖解時政、為意識形態代言的功能還是得到了發揮和體現。而這樣的社會影響，很大程度上源自於《流浪者》。

丑、對應於失去話語權和飽受政治迫害與歧視的弱勢群體的情感訴求

1970 年代末 1980 年代初期《流浪者》重新公映後獲得巨大的社會反響，第二個重要原因是因爲迎合了中國大陸民間普遍存在的情感訴求，一定程度上代表了從 1950 年代的政治運動譬如「反右」，直到「文化大革命」期間和「文革」以後，千百萬被社會主流拋棄、打入另冊的中國大陸民眾的情感狀態，代表了被剝奪了話語權甚至生存權，飽受政治迫害與歧視的弱勢群體的心聲。也就是說，數以億計的觀眾借助電影《流浪者》，至少在一定程度上抒發了從 1950 年到 1976 年這 20 多年間所遭受不正常待遇的憤懣，彌合了情感上的創傷。就這個極端的角度而言，《流浪者》中很多人物既是有代表性的，也是對應於中國大陸眾多普通民眾生活現實的。

影片的倒敘方式具有濃鬱的東方文化審美色彩。二十四年前，強盜扎卡將拉貢納特已經懷孕的妻子擄走，以報復拉貢納特當年對他的審判。影片暗示法官的妻子被扎卡擄走後遭到性侵，這是法官拉貢納特最後趕走妻子的根本原因。左圖：妻子被放了回來後問丈夫是否說過「好人的兒子是好人，賊的兒子一定是賊」？拉貢納特說是啊，然後問，你問這個幹什麼？妻子回答說，隨便問問。最後這句對話的兩個畫面也被刪掉了。不清楚這裏要刪節的動機是什麼？

中國從來就是一個等級社會，只不過，1949 年以後的中國大陸表現得更爲鮮明、更爲制度化。譬如什麼級別坐什麼車、住多大房、拿多少錢的工資，甚至什麼階層的人穿什麼樣的衣服都有嚴格規定，至少是社會風氣下的約定俗成。男主人公拉茲很大程度上是六、七十年代大陸中國人、尤其是青年一代的一個代表——被剝奪了工作權、話語權，甚至是追求幸福的權利。譬如當時談婚論嫁，首先要考察、考慮的是對方的家庭出身也就是階級出身：出身工農階級，這叫「根紅苗壯」，能愛上一個資本家的女兒嗎？不可能。反過來說，那就更不可能：即使女方想嫁，你也不敢、不會娶。因此，那些「出身不好」（「成分不好」）的家庭子女的婚姻顯然就成爲了社會性問題。

　　又譬如拉茲的母親。她其實是很多中國男人背後更為可憐的中國女性形象的印度版：丈夫在社會偏見的壓力下將其拋棄，含辛茹苦將兒子撫養成人，沒過上幾天好日子就悲慘死去。這個人物代表著站在拉茲背後、但比拉茲更為可憐、卑微，受盡社會歧視、飽嘗辛酸的母親也就是成年女性的形象。而這個印度社會中的女性人物，其實和中國大陸眾多的女性境遇一樣既崇高、偉大，又可憐、可悲；她們的這種可憐或者可悲境遇，一方面，是社會、文化等大背景下的必然產物；另一方面，她們的可憐或者可悲境遇，又與她們的偉大或崇高成反比：她們越崇高、越偉大，越讓人讚歎，她們就越可憐、越卑賤，越引人同情。

　　再譬如拉茲的父親。這個人物同樣也極具代表性，一方面，他是一個迫害者，他手中的「殺人利器」就是他頭腦中的成見或者說偏見──「好人的兒子是好人，賊的兒子一定是賊」。但另一方面，他又是自己言論的受害者。其次，他不僅拋棄了他的妻子，還不承認拉茲是他的兒子。相信當時許多觀眾從一開始就把拉貢納特看作是一個反面人物、一個被否定的人物形象對待的。但幾十年過來，人們會更能理解拉貢納特，那就是他身上體現出來的複

雜的人性。拉茲最終被判處三年徒刑，律師的辯護，或者說，法理和法律是一方面，但更重要的是，作為受害者的拉貢納特對於加害者的態度：他原諒了拉茲，也就是正視了自己的罪與錯——因為觀念而視親人如仇敵，這也正與 1949 年以後中國大陸社會複雜的人性表現相對應和吻合。

丙、《流浪者》與中國本土文化的同質性對應

　　從中外文化的視角來看，印度文化和中華文化都屬於東方文化乃至東方文明的代表，（是三個代表中的兩大代表——另一個是日本文化），對《流浪者》的讀解有一個奇妙的、但又是順理成章的考察平臺，那就是中印兩國文化在傳統層面和當下語境中的相似性，或者說，是同質化的對應。

子、社會等級與「血統論」

　　就一般性的常識層面而言，印度是特別講究血統和家族觀念的民族和國家。在古代就有高等種姓的「婆羅門」（僧侶）、「剎帝利」（貴族、武士）、「吠舍」（農牧民、工商業者），以及低等種姓的「首陀羅」（奴隸、雜工、僕役）之分，迄今也沒什麼大的本質變化，只不過低等種姓又被稱為「賤民」或「不可接觸者」〔註8〕。用中國文化的標準籠統來解釋，那就是有高人一等的上流社會和引車賣漿者流的底層社會之分，後者是不可以擔任公務員這樣的社會公職的，只配做一些下賤的事情，譬如說看太平間、打掃衛生之類，而前者就可以當法官、軍官、教師、律師、醫生等等。需要強調的是，雖然印度的這種種族等級觀念以及家族觀念非常嚴明，但同屬於發展中國家的印度，其現代化程度和文化理念多少年來並不低於中國大陸。

〔註 8〕　百度知道：印度都有哪些種姓等級？網址：http://zhidao.baidu.com/link?url=
　　　　rMguN3sDMuiAPjhrAOQP9RF7pFhmH6sJufS-smwb4955W99v3o6xbskIKjQ6ic
　　　　_ku6gKxkArQzMK77hPskVykq。

反過來看中國，雖然沒有像印度這樣嚴苛、鮮明的種姓制度，但古代中國還是有貴族和普通百姓之分的。到了近現代，以皇族爲代表的貴族雖然開始逐漸衰亡，但以士紳爲代表上流社會，尤其是知識精英階層，其貴族精神還是多少得到繼承和體現；與此同時，中國的家族觀念始終牢固，既沒有從文化傳承上被打斷血脈，也始終承載和體現著最豐厚的中國傳統文化。問題是，1949 年以後，所有的傳統和文化觀念都在大陸範圍內被革了命，譬如家族觀念基本被淡化，所有的社會等級和階層都被重新編碼排序，而且被打上不同色彩的烙印，譬如「文革」期間流行的著名口號：「老子英雄兒好漢，老子反動兒混蛋」，橫批（結論）是「基本如此」。

實際上，1949 年後的中國大陸，所有社會成員的階級出身成爲新的血統標識。有個好出身，譬如屬於工、農、兵，革命幹部序列，自然會有好工作，而好工作當然會有好的社會地位；出身不好，譬如屬於地、富、反、壞、右，和舊政權官員家屬等，不僅升學、就業成問題，連交配權都會失去，或者文雅地說，無法獲得婚姻保障——沒人敢嫁，或沒人敢娶。1966 年「文革」開始後，大學基本上停辦，到了「文革」後期部分院校開始恢復招生，這一時期的學生有個特殊的稱謂叫「工農兵學員」。

我是个流浪汉

你为什么不去找找她呀

　　這個稱謂除了說明學生入學前的身份和職業之外，更主要的原因是：入學要經過學員所在各級「組織」的推薦，官方稱之為經過「工農兵」推薦的才能參加入學考試。而能否被推薦上大學，除了「組織」出具的「政治鑒定」，出身的「好」與「不好」是個極為重要的前提和根本原因——出身不好的誰敢推薦？真被推薦了，那就是「政治錯誤」。從這個意義上說，中國大陸 1977 年恢復高考是一件了不起的事情，那就是基本上廢除「組織推薦」這一道關卡，錄取學生主要看分數。當時的宣傳口號是「分數面前人人平等」。從此考卷上的分數決定了一個人能否上大學，進而改變了當事人的人生軌迹。

　　因此，從「文革」時期過來的人，對印度電影《流浪者》中「好人的兒子是好人，賊的兒子一定是賊」的臺詞實在是感同身受，因為它與中國大陸社會現實中「老子英雄兒好漢，老子反動兒混蛋」的論調語出同源。實際上，無論是「好漢」還是「混蛋」，無論是「老子」還是「兒子」，多少年來都不同程度地認同或者受制於這種政治血統論；對《流浪者》的熱烈反響，不過是其中一個證明而已。

"拉兹自从坐了监，就变成了流浪汉"

我看你还往哪儿跑

子、貞潔觀念與文化邏輯

《流浪者》中，拉貢納特的妻子、拉茲的母親，這個女人一生不幸的根源就在於被人認為失去了貞潔。這一點影片表現得比較清楚，譬如，雖然強盜扎卡的老女僕規勸主人的話有些模糊（「她身上懷孕了……你還是把她放了吧，折磨這樣的人有罪，死後要下地獄的」），強調拉茲本身就是拉貢納特的骨血，但拉貢納特的嫂子說得很清楚：「全城的人都在議論説……那個強盜扎卡拿你老婆報仇了」，「（你老婆）就要生一個魔鬼，好讓她敗壞全家的名聲……你可別忘了，一個女人的貞節被破壞了，可就什麼也挽回不來了」——在這裏，譯製片臺詞是否準確並不重要，重要的是男性視角中的女性貞潔觀念。

同屬於東方文化的中國，對印度文化中貞節的強調，自然不僅不陌生，而且從傳統上高度認同，因為一個女人的貞節，自宋代以後一直被認為是高於人的生命權的。理學家們的口號「餓死事小失節事大」，幾百年來已經深入民心、無可撼動。平心而論，對女性貞節觀念的強調，既有不尊重女性的地方，也有男女不平等的因素。因此，拋棄和否定對女性貞節的無條件苛求，某種程度上是現代和進步的一種標誌。因為沒有什麼觀念能夠高於人的生命。所以近三十年來，中國大陸社會的進步在這一點上也有充分體現。一方面，不再片面強調包括女性婚前的貞潔，另一方面，對女生的性教育，更強調遇到不可抗力時保存生命是最高宗旨。

但是，儘管影片一再強調拉茲的母親並沒有被強盜侮辱、沒有失去貞潔，可最後還是安排這個女人死於車禍。臨終前，有一場夫妻相見的戲，這種橋段一般的導演都願意使用，但《流浪者》中的這場戲卻別有深意、更具東方文化特色：妻子知道來看她的是自己的丈夫，但丈夫不知道這就是自己的妻

子，因爲面前這個被自己司機撞死的女人頭部纏滿繃帶、根本看不到面目。按說剛啓動汽車時撞得再厲害也不至於把頭部撞成那個樣子，但這個生硬的、不符合生活邏輯的細節卻是文化邏輯的必然結果，完全符合東方的文化觀念。（這場戲如果在別的國家譬如西方的背景下拍攝，肯定會有夫妻相認，然後丈夫懺悔——在上帝面前，人人平等）。

表面上看，給這個頻臨死亡的女人頭部纏滿繃帶是爲了增強戲劇衝突的悲劇性，強調這個可憐的女人在臨死前也沒有被丈夫認出來這就是被他拋棄的女人。但實際上，它的深層原因在於它暗合對貞潔觀念的強調。因爲在丈夫拉貢納特看來，這個女人也許沒有失去貞潔，但卻玷污了自己尤其是自己家族的名聲，所以她必須被廢黜、被攆出家去。而有這樣污點的女人是沒有面目見人的：生前她沒有面目見她的丈夫、不配留在夫家，死後也沒有面目見世人。換言之，這個可憐的女人就是在死了的時候也還是戴著面紗——到了地下也沒臉見人。

從這個特定角度說，貞潔觀念貌似《流浪者》一片的情節發展的主要推動力，因爲如果不被丈夫逐出家門，就沒有後來拉茲墮落成賊的線索，後面

的故事也就講不下去了。實際上，影片眞正的推動力和能量蘊含是文化邏輯，因此，正邪分明、善惡有報等等這些傳統戲劇張力皆源出於此。譬如拉茲手刃扎卡爲母報仇，拉貢納特來監牢裏來與兒子相認，以及麗達發誓會等拉茲三年等，都是文化邏輯的自然結果。

丁、《流浪者》對中國大陸社會的情感教育與呼應

一個愛情題材的歌舞片，時隔幾乎二十年後，在另一個國家，而且是曾經敵對的國度，引發巨大的社會反響和幾乎全民觀影熱潮，除了影片本身的魅力，更重要的原因，一定是接受一方，也就是受眾所處的社會生態方面存在著深層次的原因。而這原因的形成，既是歷史的沉澱，也是文化邏輯自然運行的結果。

子、人性缺失的時代背景

沒有人能否認，1966～1976 年的「文化大革命」時期，是一個人性扭曲甚至徹底喪失的瘋狂年代。但這種非常態的社會現象，其根源應該向前追溯。1949 年後，中國大陸社會生態體系中逐漸開始缺乏一個最根本性的倫理觀念，那就是人性和人的情感。這是因爲，1949 年以後指導人們行動的政治、經濟、文化乃至日常生活的最高準則之一，就是以階級性取代了人性。中國有句老話叫「親不親，故鄉人；美不美，家鄉水」。新中國成立後，這句話被改爲「親不親，階級分」。

至於美不美，要看那是不是敵人。藝術作品中的人性體現日漸稀少，到了「文革」期間，更是以建立在階級性上的黨性來決定一切。譬如，一個藝術形象之所以是一個好人、正面人物或英雄人物，那一定是因爲他出身的革命階級或曰無產階級所決定的，一個人物如果是壞人，不管是破壞工農業生

產的壞蛋還是亂搞男女關係的傢夥，一定出身於反動階級——地主階級、資產階級，或者乾脆就是國民黨反動派、暗藏的美蔣特務。

　　所以，見識過「文革」時期文藝作品的中國大陸民眾都知道，「好人」們基本上只顧工作，沒有什麼個人感情可談，譬如沒有男朋友或者女朋友，甚至連老公、老婆都沒有——「文革」時期的樣板戲就是如此。而「壞人」們，男的不僅有老婆，還常常有妖豔的小老婆或者幾個不正經的女人圍在身邊——即使這樣，他們見到別的漂亮女人還要耍流氓；女壞人最容易辨別，不僅長得漂亮，簡直就是妖豔，尤其是女特務，基本上都既正點又性感，（主要是有女人味兒）。正因如此，重新公映載歌載舞、談情說愛的《流浪者》，實際上起到的是一種情感啓蒙、情感教育的作用，最終爲恢復人性、啓發人性，或者說，喚醒人們身上被壓抑的人性提供了巨大的社會正能量。

丑、《流浪者》對中國大陸青年觀眾的情感教育與情感啟蒙

　　首先，影片中對主人公童年、少年和青年時代生活經歷的描寫展示，可以看作是青春期的正面教育版。換言之，《流浪者》男女主人公從小到大這一段青梅竹馬的情感歷程，對當時中國大陸青少年人格心理的影響是正面的、積極的——啓蒙了人性中最美好的東西。譬如麗達和拉茲的兩小無猜，是不是絕大多數人們童年時代的寫照？至少，它讓人們知道，童年時代和青少年時代就應該那麼天眞爛漫。小學時代的麗達過生日，請拉茲參加，可拉茲買不起禮物。麗達說什麼？「你以爲從商店裏買來的才叫禮物嗎？」這樣的言辭和心態多麼地純潔，又是多麼地感人〔註9〕。

〔註9〕　（現在還能聽到嗎？）1949 年以後中國大陸的青少年教育，一直把少年兒童比作「祖國的花朵」，這個比喻不無問題。同樣有問題的是「老師是辛勤的園丁」的說法。因爲說到底孩子不是「花朵」，老師也不是園丁——那豈不成

　　其次是對青年人純潔愛情觀的灌輸和展示。譬如男女主人公成年後的愛情表白。拉茲說：「你愛我，但是你一點兒都不瞭解我：你知道我幹過什麼嗎？你知道我是什麼人？」而麗達的回答是：「我什麼都不想知道，我就知道：你就是你，我愛你」。愛情之所以美好就是因為純潔，純潔就在於它不摻雜任何社會化的、功利性的成分和世俗化的標準。所謂社會化、功利性和世俗化就是什麼都考慮到了：家庭、出身、財產、學歷、身高、容貌……惟獨忽略了戀愛對象本身以及雙方的情感。《流浪者》中的男女主人公，從小到大，這種純潔的情感和價值取向始終不曾改變——所謂的「一見鍾情」、「矢志不渝」、「執子之手，與子偕老」，這不就是中國古典愛情模式的印度版嗎？

　　而這種非功利性的、非世俗的愛情觀念，在一定程度上又正好與1980年代大陸的社會精神氣質相吻合向，世俗考量的一面受到人們的批評，官方也

了手拿剪刀的兇手了？這種比喻的錯誤在於將人非人化。花不過是一種植物，老師面對的，也是活生生的人。同樣有問題的是弄出一個所謂「教師節」來，因為這個節日的確定只能說明這個社會歧視老師，以為只有弱勢群體才有節日，譬如「婦女節」、「護士節」——你什麼時候聽說過「男人節」或「官員節」？對強者來說，天天都是過節。

有意識地加以引導。譬如當時的相聲就諷刺男女談戀愛、找對象的社會化標
準。一是「幾大員」：人長得像演員、政治上是黨員、身材像運動員、做飯像
炊事員、幹家務像勤務員……；二是結婚時必備多少條腿兒的傢具：大衣櫃、
五斗櫥、雙人床……（不像現在會考慮到鋼琴也有四條腿兒），此外還有「三
轉一響」（手錶、自行車、縫紉機、收音機）等物質要求。當時的中國大陸，
至少在愛情觀念上還有與《流浪者》聲氣相通之處，不像現在。現在誰再敢
找一個窮人試試？甭說你爹要打斷你的腿了，也許你自己就先動手了。

寅、《流浪者》與中國大陸家庭觀念及中老年人的情感呼應

「文革」對中國大陸社會的衝擊和影響，連官方都承認這是一場「浩劫」。
這種衝擊和影響涉及全社會的各個階層，自然也觸及幾乎所有的家庭社會成
員，上至國家主席、共和國元帥、眾多高級幹部，下至中小城鎮的市民階層
和窮鄉僻野的普通民眾，不被捲入的個人和家庭幾乎沒有——時至 2005 年，
大陸第六代導演的《孔雀》（編劇：李檣；導演：顧長衛）、《青紅》（導演：
王小帥）反映的就是這種情形，即使是第五代的老導演，2014 年也貢獻了一
部同樣主題的最新作品《歸來》（編劇：鄒靜之；導演：張藝謀）。

「文革」時期的中國大陸社會，實際上處於一種家破人亡的狀態。「家破」一方面指的是，許多夫妻因為政治問題而離婚——或者被迫離婚或者主動離婚——還有許多甚至是因為所屬「派別」的不同而離婚。「家破」的另一個方面，指的是夫妻兩地分居現象，許多已婚夫妻的工作地點不在一起地方，逢年過節放假時候兩人才能短暫地相聚一處。這個問題很有中國特色〔註10〕。

1949年後，尤其是「文革」時期，中國大陸當局的社會主導政策之一是「生產第一，生活第二」，也就是提出了「先生產、後生活」的號召。譬如1974年中國大陸出品的電影《創業》就具體體現了這種「精神」，職工的首要任務是要先保證完成生產任務，包括居住和家屬在內的個人生活是次要的，即使考慮了，也是圍繞著為「國家建設」這個政治路線服務的。

這是我的礼物

古漢語中，「家破人亡」的「亡」不是死亡的意思，而是「走」、「逃」也就是離開家的意思。「文革」對無數家庭的衝擊和破壞，除了造成夫妻反目、離婚的現象之外，一個最直接的惡果就是家庭破裂後大量流浪子女的出現。

〔註10〕 所以，在很長一段時期內，包括我自己，很多1949年後出生的中國大陸民眾一直認為「兩地分居」是一種正常的、普遍的社會現象。因此1970年代末期「改革開放」後，許多到國外尤其是到了美國的中國大陸留學生才知道，外國人不僅對此（兩地分居）聞所未聞，而且覺得不可思議：成年男人結婚後，怎麼可以常年離開妻子沒有家庭生活呢？具體地說就是怎麼可以沒有性生活呢？其實對此更不可思議的大陸這邊，因為人們這才知道，已婚者被派到外國，家人，尤其是妻子是可以「陪讀」的。當時包括正上大學的我聽了以後覺得非常驚愕：讀書居然還要「陪讀」？一個人在外邊就過不下去了？這也太……我還聽說，很多移民的中國大陸夫妻，對移民局的提問聞所未聞。譬如問配偶一方的內褲是什麼顏色，答不上這個說明這倆不是原配，是假結婚的。對此你可以說文化觀念不一樣，但是這裏有一個很重要的問題不在文化觀念的不同，而在於對人生價值的取捨是不一樣的。那就是是否把人和人的情感放在第一位，否則，人性中最基本的東西就被忽略了。

即使是高級別的黨政幹部,被「打倒」、失去權勢後,他們的子女在很長一段時期內也是這種處境。

換言之,1949 年後的中國大陸社會,人的生活尤其是普通民眾的生活是不被考慮的。即使到了「文革」結束以後,眾多中國大陸家庭還未完全擺脫「家破人亡」的狀態,至少還沒有完全從感情上擺脫那種心有餘悸的感覺。《流浪者》中,麗達只有父親而沒有母親出場,拉茲的家庭結構,既是單親家庭,又是屬於另一種意義,也就是情感和空間上的「兩地分居」範疇。而這種關係和情感狀態,當時青少年觀眾的情感反應,可能未必比那些中老年觀眾強烈,但無疑會勾起後者巨大的心理波動和無比心酸的情感呼應。

戊、從當下的中土視角看待《流浪者》的藝術價值

即使今天,即使是第一次看《流浪者》,它也依然會讓人熱淚盈眶——更不用說以前觀看的時候。因此,影片的藝術性值得一提和再次賞鑒。

子、強大的敘事功能

好電影能吸引人,首先是它是發揮了或者說恢復了故事敘事的功能,也

就是極大地釋放了故事的敘事本能。任何一種形式的文藝作品，小說也好電影也罷，關鍵是要把故事講好了，把要傳達的感情通過故事和故事裏的人物、情節以及結局把它體現出來；即使是說教，也完全可以讓故事自己體現。《流浪者》是一個完整的故事，也就是內環結構的封閉敘事，但採取的是倒敘方式展開。開片就講父子兩個在法庭上針鋒相對，言辭激烈。然後一個長閃回。倒敘回去後，有兩個呼應溝通的點，那就是麗達的兩次生日。小時候麗達過生日，拉茲和親生父親第一次見面。第二次是麗達成年後的生日宴會，這時候麗達的父親已經去世，拉茲的父親成了她的監護人，但此時的拉茲與父親依然不知道雙方是父子關係。這兩個點之所以值得稱讚，是因爲盡可能地避免了倒敘的沉悶，讓封閉性的故事最大程度地釋放能量。

丑、「苦情戲」的傳統功能

《流浪者》之所以能感動和影響中國大陸觀眾，「苦情戲」的運用是不能忽略的又一個重要原因。「苦情戲」既是中國傳統文化中敏感點，也是傳統藝術形式中的重要組成，更是中國電影向來就有的歷史傳統。早期中國電影歷史中，凡是產生重大社會影響的國產電影，都是最大程度運用「苦情戲」或將其作爲核心元素，譬如 1910 年代的《黑籍冤魂》（1916 年出品），1920 年代的《孤兒救祖記》（1923 年出品），1930 年代的《姊妹花》（1933 年出品），1940 年代的《一江春水向東流》（1947 年出品）等。

從社會學的角度，這些電影似乎難以避免「煽情」的嫌疑，但從文化學的視角上看，凡是能打動人心、最大程度引發民眾情感反應的電影，都是從人性和倫理上下功夫的。《流浪者》就是如此：被冤枉的、被遺棄的無辜、漂亮又善良的女人，淪入社會底層的孤兒寡母，兩小無猜再續前緣的美好愛情。從傳播學和心理學的角度上講，社會問題和惻隱之心被完美對接，「苦

情戲」與人性中最柔弱的一點全面整合。這樣的作品，從來都是穿越時空的利器。

寅、歌舞場面的視聽衝擊效應

實際上，億萬中國大陸觀眾從《流浪者》那裏才知道，電影中原來可以有如此完美的載歌載舞畫面和場面，好看的電影原來是這樣。反觀 1949 年後的中國大陸電影，號稱有歌舞場面的電影，能說得出、數得上的大概只有《劉三姐》（1960）和《阿詩瑪》（1960），（就這還經不起推敲——首先只有歌唱，舞蹈幾乎沒有，其次，屬於少數民族文化，與中原文化也就是漢文化主流少有關聯）。1970 年代的樣板戲倒是有歌舞場面，但其戲劇元素又與電影的視聽效應有相當距離。其實，這是 1949 年以後的中國大陸電影被摘除了藝術本能後的惡果，因爲 1949 年前的中國電影，不僅歌舞場面所在多見，而且一直是不可或缺的電影視聽元素組合。它的缺失或者說被屏蔽，是新中國掃蕩民國文化的必然結果。

《流浪者》在 1970 年代末期的重新公映，在讓大眾獲得視覺和心理狂歡的同時，又讓少部分先知先覺的人有所覺醒，這其中就包括當時還是電影學

院學生的第五代導演。然而，時至今日，一方面，人們從《流浪者》那裏被普及了歌舞可以入畫、而且還能如此美不勝收的常識，另一方面，也只有少數人警醒地意識到，當下中國文化在核心層面的貧乏和羸弱，那就是，作為中華民族主體的漢民族，其音樂性、舞蹈性已經被從傳統文化中、從根本上被抽掉了。卡拉 OK 是音樂嗎？廣場舞是舞蹈嗎？

卯、大眾化的表現技巧與心理畛域探微

《流浪者》中的轉場，即使是沒有專業知識的人也能夠看得出來。譬如拉茲小時候因為偷麵包被判入獄，在獄中和一群孩子排著隊領大餅，鏡頭定格在餅上，畫外先是他成年後的笑聲，然後就是他的成年形象。十二年時光就此一帶而過，這是普通觀眾都能夠看得懂而且都能夠接受的。藝術技巧人人都會使用，但是否用得高明可就不一定。出人意料同時又合乎情理，即使是外行人也能接受，這才是高明的技巧。這與老師和好老師的區別一樣，老師人人能當，但老師又有天壤之別。譬如，好老師上課就跟平時和人聊天一樣，卻特別能夠啟發和教出好學生，因為好老師已經到了教學無技巧的境界。《流浪者》老少咸宜，但許多老少咸宜的電影卻未必有這個效果。

拉茲和麗達、以及拉茲父親和麗達之間，這三個人是一種非常微妙的心理關聯，而不僅僅是一種敘事上的物理關係。用傳統闡釋學來分析，事實上這是兩個男人爭奪一個女人的關係。這是大眾能夠看得見、感受到的，但電影的表達卻能在大眾理解和接受的前提下進入心理層面，其藝術表現又有洞燭察微的功效。這一層，卻又不是所有人都能體會其精妙的。譬如拉茲第一次和父親見面，兩人就屬於同是麗達競爭者的狀態關係。但這種狀態關係，卻被處理得極其藝術：拉茲沒錢給麗達買生日禮物，麗達就讓他從花瓶中摘

了一朵花給自己戴上；拉茲的父親來參加慶生會卻沒有給麗達準備禮物，便自作主張地從隨手花瓶中摘了一朵花，要給麗達戴在頭上的時候卻發現沒有了合適的地方。這個細節的寓意既顯而易見的，又耐人尋味，因爲不是一般的深度。後來拉茲和父親爭吵時赤裸裸地說：「你不把麗達嫁給我，是因爲你想把她嫁給有錢人，或者，嫁給某某法官」——這是一般人能看出來的。因爲這未必不是拉貢納特心底的念頭，只不過這念頭從一開始未必就那麼明確。

他还认为我是这个天生的罪犯
拉兹的父亲

你的良心到现在还不认
自己的儿子吗？

　　這種不明確，也體現在麗達對拉貢納特的情感狀態上。從麗達的角度去看，她對拉貢納特的感覺無論什麼時段都是合情合理的。作爲少女，她的第一個偶像是她的父親。就像男人最初的情愛偶像是他的母親一樣，這很正常，適用於大多數人——當然不是人人如此。這裏面的道理在於，不是意識在支配當事人，而是潛意識在發揮作用。對麗達來說，父親去世後，父親的同事兼好友拉貢納特法官成爲她的監護人。雙方情同父女，但又不是父女，這種細膩也好、感情的發展也好，始終都是合乎情理的。

　　然而，人的情感又有一個發展的過程和過程的複雜。所以當青年時代的拉茲重新出現在她生活中的時候，青梅竹馬的感情取代了對父執輩情感的依

拉兹，别打了，别打了，拉兹

拉兹为了救我，不得已杀死了扎卡

戀，這也同樣出自本能。這個變化過程的處理，同樣既是具象的、又是抽象的，是大眾化的世俗場景，又是心理化的深層次展示。這就是麗達第二次過生日那場戲：拉貢納特給麗達的禮物是一條項鏈（這個對象寓意極深），但項鏈在送出去之前就已經被拉茲偷走而且戴到了麗達的脖子上（這個細節寓意更深）。換言之，兩個男人送的是同一個東西、表達的是同一個意思，但那貢納特拿出來的是一個空盒子，麗達戴上的是盒子裏的東西。一個形式、一個內容，它的意思不言而喻。因此，這種表現技巧已經不屬於情節設置範疇，而是已經進入對人性的深入挖掘和表現。

己、結語

　　幾年前《北京青年報》上有一篇遊記，說一些中國大陸中年遊客到印度訪問，當地的長途汽車上依然在播放《流浪者》裏的插曲，這讓他們既驚喜又感慨。說到印度電影，一般人都知道那是一個電影生產大國，她的寶萊塢，地位和影響相當於美國的好萊塢。但提到印度這個國家，一般中國大陸民眾有好感和能夠正確對待的其實不多。沒有好感多少可以理解，畢竟在 1960 年代，兩國在邊境上打過一場惡仗，而且現在也知道其實自己沒占什麼上風。不能正確對待其實就是不尊重這個國家，這一點很大程度上與中國大陸的宣傳有關。譬如官方電視臺的《新聞聯播》，多少年來一提到印度，不是火車出軌死傷無數、城市交通混亂，就是貧民窟，以及新娘出不起嫁妝被燒死的新聞，總覺得印度是一個貧窮落後的地方。實際上很少有人面對現實瞭解真正的印度，譬如印度的 IT 產業規模遠超中國大陸，現代化程度更不在一個層次上。

　　1970 年代末期中國大陸改革開放後，普通民眾可以看到許多公映的外國電影。而此時的巴基斯坦已經從印度分離出來成為一個獨立國家，當時的電影

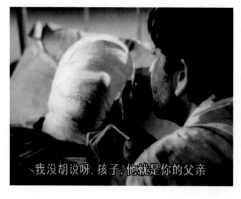

院一說放印度和巴基斯坦的電影，大家都蜂擁而去，其熱情並不比看西方國家的電影少多少，更不亞於時下對美國大片的熱情。《流浪者》才是真正意義上的外國大片，因為當時能看電影的幾乎沒有沒看過的，而當年的觀眾規模也不是今天可以比擬的。譬如今天一個億票房看上去挺唬人，可當年的票價也就是一兩毛錢，學生還半價，後來漲價也就是人民幣兩毛五分錢。直到 1980 年代，《流浪者》還是常年上映，而且許多觀眾看的次數也不是一次兩次。

我來向你道歉，请你原谅

你很清楚他为了自卫才杀死扎卡

任何一部好的藝術作品都有一點共通之處，那就是它表現了人性，表現了人性的善惡複雜。影片中有句經典臺詞：「如果法律不承認良心，那麼良心就不承認法律」。法律固然有神聖的一面，但要知道，法律只是道德的最低底線，譬如不許隨意殺人、不許強闖民宅、不許賣國求榮等等；因此，法律之上還有道德，而道德從來都關乎人性。因此當你發現一個地方多少年來還在用法律法規乃至行政條文在規範道德，甚至用來取代道德的時候，你就覺得無比憤怒、悲哀和不能容忍——譬如規定官員要一心為民眾服務、醫院要為病人專心治病、校長不許強暴女生等等。

丽达，你怎么会爱上他呢？

我的良心……并没有研究过法律

　　《流浪者》裏的愛情在什麼時候都感天動地，《流浪者》裏的人性光輝在什麼時候都不會褪色。影片結尾，麗達來到監牢探望被判三年的拉茲，發誓說：「親愛的，我等著你」。拉貢納特也來了，拉茲問你來幹什麼？得到的回答是：「我來……看我的兒子」。佛教講，不入地獄，哪見佛性？人世間，沒有患難，怎見真情？沒有波折，何來幸福？

　　年輕的時候，相信過女朋友的誓言，但不明白後來分手的原因何在，接受了拉貢納特的悔悟，但不理解老年人的愚昧從何而來。現在，我自己也到了拉貢納特的年齡，回頭再看，才發現，存在就是合理，人間萬事，一切都是順其自然，如山川大地，萬水奔流，不可違逆其本性。因此，銀幕上下，無論真真假假，虛虛實實，大家都曾一起哭過、笑過、愛過、恨過；一切也曾發生了、存在了。

　　你可以說，已經忘記。但事實是，它就在那兒，從未離去。

庚、多餘的話

子、律師、法官和小偷

　　三十多年後重看六十多年前的《流浪者》，感覺上是與初戀相見，「執手相看淚眼，一時竟無語凝噎」。理性上更多的感慨還是中國大陸和印度的國家性差距。譬如拉茲的媽媽一直在鼓勵兒子：「孩子，你要好好讀書，將來當律師，再當法官」。麗達是法學院的學生，畢業後做律師，然後也會成為法官。據說全世界的國家都是這樣，擔任法官的資格是曾經做過律師。法官之後呢？是審判長、法院院長，或者大法官。因此，就這個影片所反映的社會現實來說，1950年代的印度，其司法和法律體系與制度已經非常成熟。別忘了，印度曾經是英國的殖民地。而直到《流浪者》重新公映的那個年代，

中國大陸的法官基本上是由轉業軍人充當，律師則很少見。也曾經發生過律師被法官從法庭上驅逐甚至被逮捕的荒唐事件，理由是替壞人說話，這還了得？當時更常見的現象時，像拉茲那樣的小偷沒有誰會替他上法庭辯護，因爲能替他辯護的肯定是同夥；抓到了小偷大家就往死裏打，打完了再說。

可也是，你不配沾污我的手

法官先生，有罪的不是拉茲，
而是他的父亲

丑、你知道我在等你嗎？

麗達到監牢裏探望拉茲，拉茲說親愛的你可要等我呀。這意思是說，我坐牢這三年你當然要等著我。他得到的回答是，親愛的，我一定等你。今天來看，這種情感和表達屬於典型的古典愛情模式，至少表達上是如此。時代不同了，今天要是再有一個女的這般回答，估計該輪到她家裏人不幹了。三年裏的股市會是什麼價位？但是，舊思想並不等於會過時，所以，從時代的發展來說，我自己也是舊時代的遺產之一。我不要求新時代的人們全都要接受過去的那些觀念，我只想告訴你，每個人的價值觀、審美念和人生觀都不盡相同，那個時代就是那樣的，不應該被嘲笑。因此，不要說三年，如果值得，一生都應該在等，尤其是愛情。

将来人们还会说我是个好人

亲爱的，我一定等你 丽达

寅、男女地位的時代性

麗達和拉茲親熱時無意間說拉茲是「野人」，她的意思是抱怨拉茲動作粗魯，不過是撒嬌的意思。這裏的漢語翻譯沒有到位，原文應該是「野種」的意思，這個詞有冒犯拉茲出身不知其父的單親家庭的引申之意。這正戳到拉茲的痛處，所以暴怒之下給了麗達一耳光。麗達很快就明白了自己的口誤，所以抱著拉茲說了聲對不起。當年的觀眾對這個細節並無太多反應或牴觸，至少我在電影院裏沒聽見。但三十年後幾次課堂上放到這一段，女生們無不氣憤，罵女的怎麼那麼賤呢？時代不同了。當年女性的地位不高，或者說不覺得有何不妥，至少男人們是這麼認爲的。現在的大學尤其是藝術類院校，課堂上男女生比例嚴重失調，男生通常人數不多，基本上沒有或不屑使用話語權，成了弱勢群體。三十年河東三十年河西，眼下這一代情愛觀念和以往大有不同，也不知道是好還是不好。各聽天命吧。

法律不承认良心

法官先生,那么良心也不承认法律

卯、歌曲點播和小畫片

1970年代末、1980年代初那一批進入中國大陸的外國電影中，《流浪者》有一個其他影片不可比擬的特點，那就是載歌載舞、歌舞俱佳，觀眾愛看更愛聽。當時的電影票雖說只有一兩毛錢，但對於當時還不能完全吃得飽的中國大陸民眾來說，好歹也是個數兒。（直到1990年代初期我在上海讀研究生，我每天的伙食費也沒超過1塊錢）。所以人們愛聽愛看但不可能天天看得起電影，電視機錄音機又都是奢侈品，所以當時中國大陸從最高等級媒體的中央人民廣播電臺到各地的省市級電臺，都有一個常設欄目叫《聽眾點播節目》（有的叫《每周一歌》節目），專門播放民眾狂熱喜歡、百聽不厭的歌曲，（類似於今天爛大街的TOP 10或熱門歌曲排行榜），《流浪者》中的歌曲尤其是主題歌絕對是聽眾反覆點播的曲目之一。

　　還有一點在今天看來也許沒什麼，但是在當時卻是很了不起的，就是有人把《流浪者》中的每一首歌都做成撲克牌大小的照片，私下裏販賣。譬如《麗達之歌》，就是把歌曲簡譜、漢語歌詞，再配上一張麗達的照片，合在一個版面上——還有把配音演員的照片也擱上去的，我手頭還有一張這樣的「畫片」，畫中人像是給拉貢納特妻子配音的白玫姐姐，（多少年來我一直記成是冷眉姐姐）——那時候這種畫片的售價大概也就是大概八分一毛錢的樣子，主要是在中學生中間特別暢銷。（我記憶中，大多是女生買來再作爲私密禮物轉送給包括男同學在內的好朋友）。從這種信息傳播媒介的物理介質來看，應該是後來互聯網的史前時期——不信去問那些所謂業界的開創者們，有誰沒有見過或沒收藏過這種具有歷史感和時代感的非主流音樂硬件？

辰、生孩子和長飯桌

　　《流浪者》進入中國大陸重新公映的時期，也是中國大陸電影生產準備重新起步的史前時期。所以，當時的中國大陸電影有受《流浪者》直接影響的模倣之作，如前面提到的《法庭內外》。另一方面，這個電影對當時的許多人產生的影響，後來都多少體現在他們自己的電影作品裏，或者，至少是生

活理念中。譬如金馬影視公司 2006 年出品並在中國大陸熱映的《茉莉花開》（原著：蘇童，編劇：張獻，導演：侯詠；主演：章子怡、姜文、陳沖），最催人淚下的片段，或者說，唯一的精彩之處，就是女主人公在傾盆大雨中當街生孩子那場戲。凡是看過《流浪者》的，大約都會想到這是拉貢納特妻子當街生下拉茲的中國版。其實，中國大陸電影自身在這方面並非沒有先例，譬如 1950 年東北電影製片廠出品的《白毛女》就有相似的橋段。只不過，1960 年代以後這個版本的《白毛女》被禁映多年，後來在電視上播出時又被刪去這一節，知道和記起的人不多而已。

　　很多人會記得《流浪者》裏拉貢納特和麗達吃飯的那個長長的、華麗的餐桌。這個對象被強調得最早、最明顯的，當屬 1997 年馮小剛根據王朔小說改編的賀歲片《甲方乙方》：女主人公和男主人公坐在那麼一個超乎尋常的長條餐桌兩邊，說話還要拿著喇叭對喊。在這戲謔情節設計的背後，是《流浪者》對導演藝術理念的隱秘影響。幾十年來大陸中國人哪兒見過那麼長的飯桌？皇家貴族是有過，但 1949 年後這些人已經從肉體上被消滅了。如果不是《流浪者》，請問它從何而來？我一直認為，中國大陸的第五代和第六代導演，其任何一部電影作品尤其是代表作中，都或多或少地留下了和他們同時成長，或者說，在他們長大成人的過程中所接受的中外電影，尤其是外國電影的影響痕迹——無論是世界觀、價值觀、審美觀，還是女性審美，乃至表現手法——這很正常，因為任何一個藝術家，一定是時代潮流的產物，普通人更是如此；每一代人的成長，與其說必須被打上時代的烙印，不如說一生都無法洗掉被時代矯正和浸泡過的印痕。譬如 1950 年代和 1960 年代出生長大的人，包括我自己，絕大多數恐怕終身都難以清除行為意識中的暴力基因，因為在我成長的年代，是一個遍地暴力、以暴力立身也就是流氓當道的時代。……

巳、電影家族企業和永難忘懷的麗達姐姐

好電影一般都會有大量相關的八卦，（說好聽點兒就是趣聞軼事）。《流浪者》本身就已經很讓當時的觀眾震撼不已了，但影片背後的眞實故事，迄今我也認爲不無傳奇意味。譬如扮演拉貢納特和拉茲的演員，本身就是生活中眞實的父子關係，扮演主審法官的則是拉茲的爺爺，拉茲的三弟扮演他的幼年時代人物。《流浪者》的出品方本身就是一個家族企業，編劇和導演也是拉茲本人。至於扮演麗達的納爾吉司，則眾說不一。有人說，她是拉茲的親妹妹。但也有人說不是，說兩人是合作了八年之久的同行，《流浪者》是他倆合演的第三部片子；兩人眞的相親相愛，但因爲拉茲的父親不願意兒子娶一個女演員，所以沒能結成婚；納爾吉司在 1980 年被選爲印度聯邦院議員，隨後不幸得了胰腺癌，1981 年去世〔註11〕。

〔註11〕 參見：http://baike.baidu.com/link?url=bJ1cF_tDor0Y2zCDFiIdlViGWE9AGjm61fg
p5A sh5kWj3Wn16NB6CoDibD7K0JitWfjvto5gRy4v_VbQLfyDk_。

拉茲和麗達沒能在生活中結成婚姻，這讓無數中國大陸民眾大失所望，因為絕大多數人當然都希望這對眞正的帥哥美女眞的是有百年之好，這也是人性普遍的願望。但更令人悲痛的是，從時間上看，麗達姐姐去世時不過 51 歲（1929.6.1～1981.5.3），而她去世的那一年，正是《流浪者》引發大陸觀影狂潮、令無數觀眾為之傾心之時。許多人知道這個消息已經是很多年之後了，許多中國大陸男人都非常難過，當然我是其中之一。從少年時代我就認為最美的女性就是麗達這樣的類型，大腦門、大眼睛、厚嘴唇、大高個，所謂天庭飽滿地閣方圓的貴婦之相，她的豐滿和風韻是東方式的。這個美麗的大女人，既是我心中最完美的情愛偶像，也是伴隨我走過前半生美好歲月最美好的力量源泉之一。這樣的好女人，實在是讓人終身難忘。

午、相隔三十年的未刪節版

第一次和第二次看《流浪者》的時間，對我來說，中間隔了至少二十多年。又過了十幾年，我才驚訝地知道，當年中國大陸民眾在電影院裏看的《流浪者》是刪節版。外國電影在中國大陸的傳播歷史，其實可以看作是一部外國電影被刪節後傳播的歷史，是中國大陸民眾接受刪節版電影習慣成自然的接受歷史。具體到這個影片，刪節我倒不奇怪，雖然當年並不知道。自從知道中國大陸對所有要對普通民眾公映的外國電影都要刪節的時候，我就只想知道一部影片到底是哪些被刪節了，至於刪節的原因，我倒不想知道了。但看了《流浪者》未刪節版後，再比照刪節版，我是既覺得奇怪，又覺得好氣和好笑。因為刪掉的，絕大多數是與宗教情景和場面有關的段落。為什麼？簡單想一下，就覺得想都不用想了。連這些都能想到並大加刪節的人，你只能覺得無話可說。或者說，不想再說什麼。

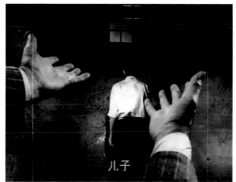

申、延伸讀片（按譯製時間排序，黑體標出的爲產生重大影響的影片）

1、《兩畝地》，出品時間不詳，上海電影製片廠 1955 年譯製；

2、《大篷車》，1971 年出品，上海電影製片廠 1980 年譯製；

3、《奴里》，1979 年出品，上海電影製片廠 1981 年譯製；

4、《啞女》，1979 年出品，上海電影製片廠 1981 年譯製；

5、《迪斯科舞星》，出品時間不詳，上海電影製片廠 1985 年譯製；

6、《超級舞星》，出品時間不詳，上海電影製片廠 1990 年譯製；

7、《印度往事》，2001 年出品，上海電影製片廠 2002 年譯製；

8、《三傻大鬧寶萊塢》，2009 年出品，中國電影股份有限公司 2011 年譯製。〔註12〕

〔註12〕 本章收入本書前，正文部分約 10000 字（不包括經典臺詞和庚、多餘的話），曾以《印度電影在中國大陸的世俗傳播和文化影響——以 1970 年代末重新公映的〈流浪者〉（1951）爲例》爲題，發表於 2014 年第 4 期《文化藝術研究》（杭州，季刊）。雜誌版在字詞上多有刪改，譬如將「大陸」都改成「我國」等，現全部恢復原貌，並將英文摘要附後。

Secular Spread and Cultural Impact of Indian Films in China: A Case Study of Awaara Re-released in the Late 1970s
Abstract: Re-released Indian romantic film *Awaara* had a wide-ranging social influence in the late 1970s , for it was in parallel to historical development of Chinese society , which suited the demands of political authorities to restore law and order , as well as to promote the general legal education , and catered to groups who had lost voices and had been suffering from persecutions and discriminated. The social hierarchy , blood relationships , chasteness and cultural logic echoed with Chinese culture , along with affective education at that time. Powerful narrative function , conventional effect of sad drama , abundant use of singing and dancing , popular acting skills and subtle psychology are reasons to reevaluate the film.
Key words: Indian film *Awaara*; Raj; Rita; cultural logic; law; conscience

初稿日期：2005 年 9 月 13 日
初稿錄入：呂月華
二稿時間：2008 年 4 月 22 日
二稿錄入：姚菲
三稿時間：2009 年 5 月 5 日
三稿錄入：朱洋洋
四稿修訂：2013 年 12 月 24 日～2014 年 8 月 2 日
配圖時間：2014 年 2 月 24 日～8 月 22 日
校改修訂：2015 年 3 月 6 日～7 日

《追捕》(1976):「杜丘，你看，多麼藍的天啊」——日本電影的心理衝擊與大陸刪節版的官方動機考

閱讀指要：

　　1978 年公映的《追捕》是當時最為轟動、社會影響最為廣泛的日本電影之一。男女主人公杜丘和真由美造型冷峻、衣著拉風以及大膽出位的表演風格，讓無數中國大陸觀眾為之傾倒並順利完成了情愛心理啟蒙，同時徹底顛覆了人們的觀影心理和審美標準。三十多年後重讀這部經典會發現，編導對複雜人性的挖掘表現和雅俗共賞的視聽語言表達，與主題思想一起，為當代中國大陸民眾的精神世界奠定了最為堅實的基礎。而當年有關部門對影片多達二十五處、長達四十分鐘的刪節，又蘊含和體現著對外來文化由來已久的抵觸心理和意識形態考量動機。

關鍵詞：日本電影；《追捕》；觀影心理；文化影響；刪節/刪除；

專業鏈接 1：《追捕》（故事片，彩色，又譯名：《你啊，越過憤怒的河吧》），
日本，1976 年出品，上海電影譯製廠 1978 年 10 月譯製。公映
版/VCD 版（兩碟）/ 刪節版時長：111 分鐘，DVD 版 / 未刪節
版時長：151 分鐘。

>>> **原作**：西村壽行；**腳本**：田阪啓、佐藤純彌；**編劇**：田阪啓；
　 導演：佐藤純彌。

>>> **主要人物**：

檢察官杜丘冬人（高倉健飾演，配音：畢克）、真由
美（中野良子飾演，配音：丁建華）、警長矢村（原
田芳雄飾演，配音：楊成純）、橫路敬二、橫路佳代、
唐塔大夫、長崗了介、檢察長、真由美之父遠波、遠
波秘書、公寓管理員、刑警細江、檢查長。〔註 1〕

專業鏈接 2：原片（DVD 版）中文片頭、演職員表及片尾字幕（標點符號爲
錄入者添加）

片頭字幕：

大映映畫株式會社製作。永田プロダクション、大映映画株式会社提攜作品。

原名：君よふんと憤怒の河を渉れ。

製作：永田雅一；

製作協力：德間康快；

企畫：宮古とく子、并河敏；

原作：西村壽行（德間書店刊 トクマ ソベルス；

腳本：田阪啓、佐藤純彌；

〔註 1〕 其他相關信息：
原作：西村壽行；腳本：田阪啓、佐藤純彌；編劇：田阪啓；導演：佐藤純
彌；攝影：小阪節雄；音樂：青山八郎；錄音：大橋發也。照明：高橋彪夫。
美術：金井高司。
主要演員：高倉健、中野良子、原田芳雄、田中邦衛、西村晃、伊佐山博子、
倍賞美津子、池部良、伊佐山博子、大瀧秀治、岡田英次、內藤武敏。
其他配音演員：唐塔醫生：邱嶽峰；長崗了介：尚華；檢察長：翁振新；眞
由美之父遠波：富潤生；遠波秘書：戴學廬；公寓管理員：尚華；刑警細江：
童自榮；檢查長：於鼎；橫路佳代：程曉樺。
譯製職員：翻譯：趙津華；導演：胡慶漢、喬榛；錄音：金文江；剪輯：陸敏
（以上內容中的標點符號爲整理者自行加注）。

攝影：小林節雄（J.S.C）；

音樂：青山八郎；

錄音：大橋鉄矢；

照明：高橋彪夫；

美術：今井高司；

製作擔當：高山篤；

製作主任：桜井勉；

助監督：葛井克亮；

編集：諏訪三千男；

記錄：原益子；

宣伝：荒木敬二郎；スチール：柳沢英雄；

技門：高瀬將敏；

監督助手：出倉壽行；

攝影助手：竹沢信行；

照明助手：生井典克；

錄音助手：金子義男；

美術助手：丸山裕司；

小道具：森田穰；

裝飾：隱田茂治；

攝影效果：諸星勇；

製作進行：片岡詔一郎；

特殊攝影班：監督：崎山周；

攝影：金子友三、東　通弘；

照明：大原正男；

航空攝影：山本駿；

別班攝影：秋野友宏、山本修右；

航空攝影協力：坪井一郎、臼井國夫、飯野太蔵；

現象：東京現象所；

錄音：アオイスタジオ；

衣裳：第一衣裳；

結髪：山田 かつち店；

協力：トリオ株式會社、東京ヒルトンホテル、日本中央競馬會、オンワード牧場、木桐牧場、浦河町、サウンドトラシク盤、キングレコード。

出演者：

高倉健、中野良子、原田芳雄、倍賞美津子（特別出演）、池部良、田中邦衛、伊佐山ひろ子、大滝秀治、西村晃、岡田英次、内藤武敏、大和田伸也、下川辰平、吉田義夫、岩崎信忠、久富惟晴、神田隆、浜田晃、石山雄大、小島ナナ、木島一郎、沢美鶴、田畑善彦、青木卓司（東映）、田村貫、裏木佐甫良、中田勉、夏木章、飛田喜佐夫、細井雅夫、木島進介、姿鉄太郎、阿藤海、松山新一、千田隼生、宮本高志、本田悠美子。

監督：佐藤純彌。

片尾字幕：

ての映畫はフイクシヨンであり登場人物および 団（團）體名は 実（實）在のものとは關係ありません。

經典臺詞：

「你弄錯了吧？你認錯人了」——「認錯了人？你搶了我從銀行裏取出來的二十萬塊錢和鑽戒，這還不算……你，你還侮辱了我你這畜生！認錯了人？虧你還説得出口！」

「你不相信我？」——「我誰也不信。十月三日那天你在幹什麼？」——「十月三日凌晨兩點，我在家睡覺」——「有證人嗎？」——「我，一個人住，也沒有人來電話」——「那就是説沒有人證明」。

「就算我知道也不會告訴你，你要逮捕就逮捕吧」——「哼，好一匹野馬。沒調教好啊」。

「你為什麼要救我？為什麼？」——「我喜歡你！」

「我是被警察追捕的人！」——「我是你的同謀！」

「真由美！男子漢有時候是需要面對死亡去飛行的，杜丘君在做最後一搏！」——「是，如果不是這樣，活著也就沒意義了」。（此對話源自未刪節版）

「你幫助逃犯，也是在犯罪」——「你可真是個檢察官！如果不幫助病人，那不也是犯法嗎？只有你們這些人，整天拿著法律當飯吃，離開法律就沒法活了。我對檢察官説這些是不是有些多餘了？」——「為了生存下去，我多次破壞了法律」。（此對話源自未刪節版）

「檢察官違法是什麼心情？」——「我一直想做法律的維護者，我不允許自己成為法律的破壞者」——「別說這麼難懂的話了，你是不是要住幾天？」——「非常感謝，我現在沒有別的辦法。」——「再犯一次法不可以嗎？」——「那就隨你吧」。（此對話源自未刪節版）

「寫到哪了？『我杜丘東人根據本人的意志供述犯罪行為如下：一在橫路嘉代家搶劫強姦，二在橫路敬二家盜竊，三殺死橫路嘉代。作為檢察官犯下如此罪行，我追悔莫及』。好，很好！接下去寫！『我，杜丘東人，決定就此結束我的生命』，……」。

「杜丘，你看，多麼藍的天啊……走過去，你就可以溶化在那藍天裏……一直走，不要朝兩邊看……」。

「從這兒跳下去！昭倉不是跳下去了，唐塔也跳下去了，所以請你也跳下去吧？你倒是跳啊！」

「檢察長，我在逃亡時，就明白了，對於法律，我一直在想。我想，執法者不能只站在追捕別人的立場上，更應該考慮一下被追捕者的立場。檢察長，如果下了逮捕令，請隨時來找我！」——「真是那樣的話，我就再來一次追捕」。（此對話源自未刪節版）

「怎麼樣？都完了嗎？」——「哪有個完吶」。

……。

以往影片人氣指數：★★★★★

現今觀賞推薦指數：★★★★★

甲、昨日激情猶在眼前

如果你曾經在 1970 年代末期或 1980 年代初期看過日本電影《追捕》，一定會想起影片中的那些經典臺詞，哪怕只想起或記起幾句對話，相信你定會感慨萬分。套用一句當年在中國大陸流行的臺灣歌曲裏的歌詞，那就是：「多麼熟悉的聲音，陪我多少年風和雨；從來也不需要想起，永遠也不會忘記……」（蘇芮：《酒干倘賣無》，臺灣電影《搭錯車》插曲）。如果你還能因此熱血沸騰，說明你還年輕，當年的熱情之火還在你心中燃燒。

　　上世紀七十年代末、八十年代初，正是中國大陸剛剛結束封閉、打開國門，也就是所謂改革開放初期。一大批日本電影獲准進入中國大陸影院公映，譬如《生死戀》（1971 年出品，1976 年譯製）、《華麗家族》（1974 年出品，1978 年譯製）、《望鄉》（1974 年出品，1978 年譯製）、《金環蝕》（1975 年出品，1979 年譯製）、《人證》（1978 年出品，1979 年譯製）、《絕唱》（1975 年出品，1979 年譯製）、《啊，野麥嶺》（1979 年出品，1980 年譯製）、《砂器》（1974 年出品，1980 年譯製）、《遠山的呼喚》（1980 年出品，1981 年譯製）、《蒲田進行曲》（1982 年出品，1983 年譯製）、《幸福的黃手帕》（1977 年出品，1985 年譯製）、《W 的悲劇》（1984 年出品，1986 年譯製）等等。這些影片對當時中國大陸的億萬觀眾來說極為新鮮，回憶起來也是極為親切、熟悉，難以忘懷。松竹映畫 1976 年出品、上海譯製片廠 1978 年譯製後的《追捕》，就是其中的一個代表。

　　這一批包括日本電影在內的外國電影，不僅是當時中國大陸民眾日文化生活的重要組成部分，同時也極大地震撼、影響著中國大陸民眾的精神世界，進而在世俗層面形成中國大陸社會走向現代化的強大推動力。換言之，從那時到現在，幾十年來中國大陸發生和進行的一切與現代化有關的變革進程，包括經濟、政治和文化等領域的改革，哪怕是矯枉過正的社會變動，很大程

度上都應該歸功於 1970 年代末期到 1980 年代初期引進的那些外國電影，尤其是來自所謂資本主義國家的電影。

　　這裏我爲什麼不提西方哲學思潮、西方紙質版的文學作品，而是如此重視和高度評價西方電影（包括電視）對中國大陸社會和普通民眾的影響力和推動力呢？這是因爲，影視作品的介質和傳播特性，譬如影像的直觀性和接受的無障礙性及其大眾化效應等，使得其影響層面特別廣泛和巨大。它們播撒下的種子、帶入的基因、生發的根由，跨越了學科和專業研究領域的局限，直接深入到千家萬戶和普通民眾當中。更爲重要的是，當年觀看、熱愛和接受這批電影的那些人，現在大多已經成爲中國大陸社會的精英和棟梁，即使當今身居高位的領袖人物和權貴階層也不例外，因爲他們也曾是當年熱情的電影觀眾之一⋯⋯。

　　換言之，中國大陸延續至今的改革開放政策與民心走向，都會在幾十年前的這些西方電影中找到深淺不一的互動痕迹和因果相依的邏輯關聯〔註2〕。就

〔註 2〕就像現如今茁壯成長的 80 後、90 後乃至 00 後，如果分析和洞察其精神世界的底色構成，一定會發現互聯網時代文化打上的烙印。因此，當又一代年輕人成爲國家棟梁和社會中堅的時候，那一定應該要比今天更加美好，譬如在看電影的時候，絕不會像老幾代人那樣被禁錮重重⋯⋯，因爲，免疫力不都是天生的。

日本電影《追捕》而言，它極大地震感了當年中國大陸民眾對男女兩性情感關係、尤其是情愛心理固有的審美觀念和審美心態，進而影響了與此相關的英雄觀、倫理觀。或者說，中國大陸電影觀眾幾十年來在特定歷史條件下形成的審美心理、審美標準遭受到極大的衝擊。與此同時，作爲剛出品兩年就被中國大陸官方引進譯製的新電影，《追捕》在爲中國大陸民眾認識日本社會提供一個極爲感性的觀照平臺和體察視角的同時，又在各方面爲人們的精神文化鋪設了一層最爲堅實的基礎。而當年對影片公映版的刪節，又反映出中國大陸官方意識形態考量的深層邏輯與慣性思維，有進一步反思的必要。

乙、杜丘和眞由美形象對大陸觀眾審美心理模式與道德觀念的衝擊

在那一批日本電影中，男影星高倉健對觀眾的心理衝擊和視覺刺激最大，他塑造的人物無不充滿陽剛之氣，與此同時，他扮演的這種硬漢形象還不同於西方電影文化尤其是好萊塢電影背景下的人物，因爲其內涵與質地是一種立足於東方文化和審美體系中的男性形象和心理氣質，所以更容易得到中國大陸民眾的認同。三十多年後的今天，這樣的形象應該是網上所謂的型男——面貌冷峻、扮相酷斃、衣著拉風。

　　高倉健扮演的人物，可以用「高、大、硬」來概括形容。「高」是指道德品質高尚、志向高遠，（當然身高也是一個原因，但僅僅是次要原因）；「大」是說他屬於令人敬仰的正面形象，代表著公理和正義；「硬」表現在與黑惡勢力抗爭時不屈不撓的硬漢造型、與女性過往時外冷內熱的酷斃風格。高倉健在《遠山的呼喚》中如此，在《追捕》中飾演的杜丘更是如此。從當時觀眾的接受心理來說，這與其說是高倉健帶給人們耳目一新的形象，不如說是他顛覆了中國大陸幾十年來對英雄人物的塑造模式，所以魅力不是一般地大。

　　如果把高倉健扮演的杜丘看作是型男，那麼《追捕》裏中野良子扮演的女主眞由美可以說是不折不扣的靚女——而且麻辣有加。眞由美這名字本身就是一種道德和審美標準的界定與外化，所以民間一般都把這個人物叫做「眞優美」，（簡直就是眞善美的化身哈）。這也是影片帶給中國大陸觀眾的驚喜之一種，而且與所謂改革開放的時代非常合拍。回想對比一下 1949 年後大陸電影所塑造的正面女性人物形象，你會發現那些人物身上的女人味兒非常之少，剛烈有餘，柔美全無，基本可以屬於「男女人」系列——倒是反面女性形象不乏東方女性的陰柔之美，譬如既妖嬈豔麗還會發嗲撒嬌；不幸的是，那都是些資產階級小姐、美蔣女特務或者作風不好的壞女人，總之沒有一個是好東西。時代不同了，女人也就不一樣了，而眞由美的出現恰逢其時。

《追捕》對當時的中國大陸電影和觀眾在思想意識方面的衝擊也很大，具體地說，就是影片的主題思想，以及相關的道德觀念、倫理意識。當時的觀眾看到這個影片難免吃驚，譬如這裏頭沒有硝煙彌漫的戰場，那麼敵我雙方是如何區分確定的呢？1949年以來的中國大陸電影一直在教育人們，好人與壞人、「我們」與敵人，(「我們」那時的敵人眞多)，其區分標準之一就是階級出身：地主階級、資產階級、剝削階級，還有資本主義、帝國主義、封建主義……凡是跟這些沾邊兒的，肯定都是壞人、敵人；而農民階級、工人階級、無產階級，也就是窮人、受苦人……肯定都是好人，是「咱們一夥兒的」。(至於1949年後引進譯製的外國電影，蘇聯影片自不必說，除了長相，基本上和中國大陸電影沒區別，東歐社會主義國家的電影也是，受苦受難受壓迫的都是勞苦大眾，壓迫人民製造苦難的都是國家機器，要不就是德國法西斯)。

對日本人的區別那就更容易了，因爲在中國大陸電影中，日本人基本上都是穿軍裝的鬼子，一旦換上便裝，那就是到「根據地」偷地雷的幹活。但是看完《追捕》後，這些幾十年來形成的所有的觀影理念尤其是設定好的好壞善惡標準全然崩潰。譬如觀眾驚愕地發現，資本主義國家的檢查官杜丘居然是正義和良心的代表，這個是萬萬想不到的。還有矢村警長，按理說警察更應該是政府的幫兇和國家機器豢養的走狗，但他不僅不是，而且他的「階

級覺悟」甚至比杜丘還高，譬如不近女色。整個電影的正能量非常強大，最後是正義戰勝了邪惡——外國電影，尤其是日本電影里居然也主張公理、正義和良心？這是人們不能想像或沒敢想到的。

對當時的觀眾來說，第二個沒有想到的就是影片中所體現的愛情觀念，尤其是真由美激情四射、大膽出位的情感表達。對這一點的討論，一定時刻回到當時中國大陸的接受語境也就是時代背景，即民眾對愛情已然固化多年的審美心理模式層面。當年我和絕大多數觀眾一樣，生平第一次在電影院裏看到的男女激情戲，就是真由美和杜丘在山洞裏的熱吻。當時能看到的畫面不過是一個姿勢，然後就是一個背部鏡頭，緊接著就是轉場，沒有了下文，（三十多年後我才知道，這是被刪節後的結果）。但僅此一點就震撼無比，讓人覺得愛情原來是如此美好——全身心地投入和心甘情願地奉獻。

我相信，當年的觀眾都覺得真由美這個女人長得是那麼漂亮，仙女比起她來還差幾分〔註3〕。因為幾十年裏的中國大陸電影中，根本就沒有一個能和真由美一比高下的正面女性形象——第五代導演的出現是《追捕》公映之後幾年的事——實際上 1949 年以後，中國大陸電影裏其實就逐漸沒有了真實意義上的女人和女性形象，有也是具備女性生理特徵的男人——譬如所謂正面人物形象，或者是非人化的女人——譬如所謂反面人物形象。中野良子，還

〔註 3〕二十歲以後，尤其是三十歲以後，我發現年輕時候的中野良子其實長得並不漂亮。當年覺得她漂亮那是因為我年輕，太年輕以至於我不懂，年紀大了以後我發現我其實不喜歡這樣的苗條女人，主要也不是因為身材的原因，而是覺得這個人物的心理氣質太小孩子氣、太青春少女氣。當然話說回來，這種青春美少女那恰恰是男性年輕時候的夢中情人形象，男人老的時候一般就不大喜歡這種類型了，對這種女孩子可能更多的是體現出像她父親那樣的父輩的關愛，而沒有像主人公的那種激情四射的愛情感覺了。這一點，我可能和大多數人不太一樣，還需要進一步檢討自己，因此也用不著別人評判。

有栗原小卷（《望鄉》）這些日本女星，不僅在當時迷倒無數男性，無數女人也是爲之傾倒。

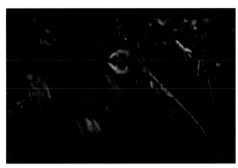 

然而，除了中野良子的美貌之外，除了那場激情戲，眞由美這個人物的個性氣質和表演風格並沒有讓中國大陸觀眾覺得「隔」。相反，倒覺得特別地親切和熟悉，接受起來沒什麼審美障礙。這是因爲，眞由美的意識行爲和她的情感表達方式，都和中國大陸民眾已經熟悉幾十年的並且已經養就的審美心理相吻合：前提只有一個，就是你把她當成中國大陸電影中屢見不鮮、堅貞不屈的女共產黨員來看待就行了。當然，除了一開始她被熊追得爬在樹上使勁喊救命不像女共產黨員之外，後面的都像。

譬如她的大義滅親行爲：她被杜丘從熊口裏救出來以後，就將杜丘視爲救命恩人；但當她父親的秘書打電話報警、警察追到家裏搜捕時，她以爲這是父親授意幹的，所以她就不再認自己的父親。她的理由很直白：「把女兒的救命恩人出賣給警察的人不是我的父親」。這種安排從影片當中愛情的角度、從人性的角度來說是講得通的，但對於當時中國大陸觀眾的接受來說，眞由美的行爲意識和表現模式又和多少年來看到的共產黨員的鬥爭形象、抗爭行爲和階級鬥爭意識吻合，這是很有意思的一點「意外」。

　　除了行為意識，眞由美在語言上的表達方式也與中國大陸觀眾已經固化了的審美模式和接受心理相吻合。譬如無論是對警察說話，還是對她父親說話，甚至在和對杜丘說話的時候，你會發現這女人不大象女人，因為說起話來都比較「衝」。警察問她，杜丘在哪兒？她的回答是：「不知道，就是知道了也不告訴你」，「逮捕我吧，我是他的同謀」。眞由美的這個做派和酷女範兒，用矢村警長的話說，就是「好一匹野馬，沒調教好啊」。眞由美其實就是一個敢愛敢恨又天眞任性帶點兒一根筋氣質的北海道鄉下妞兒，可是許多中國大陸觀眾會覺得這就是一個日本版的小江姐。譬如她痛斥她父親和矢村警長時都用了「卑鄙」和「忘恩負義」這些詞語。也就是說，眞由美身上所體現出的大義滅親和男性化的共產黨員的英雄行為和英雄模式，都與中國大陸民眾幾十年來形成的觀影心理相吻合。

　　但說到底，眞由美的行為意識和表現模式是日本文化和電影《追捕》中生成的產物，因此，即使是所謂大義滅親和英雄模式，也與中國大陸電影和英雄人物沒有邏輯上的關聯。譬如，為了杜丘，她會當面和父親斬斷情義，但當父親主動為杜丘的逃跑提供便利時，她又和父親重歸於好。這種血濃於水的親情倫理觀念，在 1949 年以後中國大陸電影中已經逐漸被意識形態理念所淡化、漂白，乃至消失。又譬如她對杜丘的愛情和捨身相助的英雄行為，也同樣是出自戀人的角度、倫理的高度而沒有被政治藥水所浸染，並沒有幾

十年來中國大陸影片裡女性形象身上的意識形態附加值。因此,當杜丘一再追問她「你為什麼要救我?為什麼?」時,她脫口而出的是「我喜歡你」——譯製片中的這句臺詞實際上已經是被中國大陸文化過濾後的結果,但即使這句很瓊瑤腔的表白,對當時的中國大陸觀眾來說也有晴天霹靂想效果——一個女人,她居然敢對男人說出這樣的話,(「成何體統」?)因為,對愛情的追求和對人性的訴求,在中國大陸電影中已然缺失多年。

如果說,《追捕》中的男女之愛對中國大陸觀眾形成的是絕難想像和難以忘記的衝擊,那麼真由美和父親之間父女情深的倫理親情,形成的是對大陸觀眾另一個領域和層面的道德倫理震撼。真由美的父親四十歲以後才有了這個女兒,而且妻子生下孩子就去世了。「老來得子」和「掌上明珠」,這和中國文化相通,但父親為了女兒放棄競選,也就是放棄自己的追求、經營多年的政治前途,這與 1949 年以後的中國大陸倫理文化大相徑庭——這種犧牲本來是人性應該具備的基本品德,尤其是長輩對待子女應具備的高尚品格。但是,這種人性的自然體現也已缺失有日,所以觀眾震驚之際,很多人其實是一時難以理解。因為,1949 年以後所形成的文化生態中,一個後天形成的固有觀念就是凡是和西方文化有關的東西,首先它是錯的、邪惡的、敵對的,其次它必然是居心叵測的;就「文革」而言,傳統文化受到的最大的傷害是把國人起碼的人性根基給毀壞殆盡。

丙、經典重讀——三十多年後對《追捕》的再品鑒

經典的標準之一，就是經得起時間的淘洗，而且始終能給人新的啓迪。多少年後再看《追捕》，依然有與初戀重逢時的激動。仔細想來，這種感覺除了內容即主題思想等方面的複雜和深邃、震撼與衝擊，還有藝術層面即電影視聽語言上的新鮮和回味之感。從這個角度上說，不僅那個時候的中國大陸電影沒法跟它比較，即使後來在 1980 年代出道的第五代導演的作品，也依然沒有達到那個高度——這還僅僅是從藝術表現方式上來橫向對比，還沒有從主題思想，譬如對社會的批判和人性的表現上去衡量比判——實際上我認爲，即使《追捕》出品將近四十年後的今天，不僅絕大多數中國電影難以望其項背，就是絕大多數票房極高的進口大片也不能和《追捕》相提並論。

子、二人同心——兩個人的逃亡

經典作品都帶有自我解說的功能，也就是說具備敘述的自動表達和調節能力，不需要外加的旁白或字幕，鏡頭的有效組合環環相扣，信息量極大，讓你每次看都有新感受和新發現。譬如，杜丘在北海道被人追殺跑到山上的時候，發現了一杆獵槍。這槍的發現是有一個鋪墊的，不是他一跑到那裏就發現了，因爲逃命的人既不會看到槍更看不到繫在槍扳機上的那根細線。槍

的發現安排他在海邊靜靜地回想和思索爲什麼遭人陷害之後，起身往回走的時候，這時他的步伐沉重又緩慢，這才會發現那杆槍，背上槍以後再引出正在追殺眞由美的熊。

現在能看出來，這個熊是假的，是人扮演裝的，眞熊演不出這個水平。這時候你會明白，那槍是爲熊的出場做的鋪墊。當杜丘用槍把熊打傷救出眞優美後，又爲熊回頭再來報復留下一個線頭。這是對的，因爲它符合熊用氣味來記憶和追蹤獵物的常識，因此當後來矢村跟蹤眞由美到山洞將杜丘拘捕後，熊再次出現。這次它不是衝著眞由美去的，而是衝著杜丘去的，可這時候是矢村開的槍，所以熊抓傷的只能是矢村。昏迷的矢村被留在窩棚裏後，下一步就是眞由美和杜丘在山洞裏的激情戲。

和熊的出現一樣符合邏輯的就是眞由美，這個人物一出鏡，她的這個定位就定到和影片主線平齊的高度。也就是說，她第一次出場，就是與主人公杜丘成爲生死戀人的關係，兩個人的命運就被綁在了一塊兒。因此，如果杜丘不能爲自己洗刷冤屈，眞由美也沒有好日子過，所以，後面情節的鋪設尤其是眞由美要和父親斷絕關係以及杜丘被關進瘋人院就都變得眞實可信了。眞由美的愛情觀念實際上是文化的自然體現，那就是知恩圖報；而單純從愛情的角度看，如果眞的有一個心目中的「王子」出現，是騎白馬還是騎黑馬都不重要了，甚至「王子」是黑是白也不重要，重要的是和那個王子同呼吸、同命運，這又是比生命還要重要的東西。正因如此，整個影片的發展就此具備了邏輯上的內在關聯。這個時候的逃亡者就不只是杜丘一人，而變成了兩個人；逃亡也就不再是單純的逃避追殺，而是爲了找回自己的清白同時也拯救自己的生命、追求自己未來的幸福。因此，拯救和追求的，就不僅僅屬於一個人，而是變成了兩個人共同的事業。

丑、人心如古井——父親的情懷

真由美的父親遠波第一次出場的信息極為豐富：先是一架飛機遠遠飛來，（這個鏡頭又與後來杜丘駕著飛機遠去的鏡頭相呼應），飛機落地滑行時一輛汽車跟上，然後遠波下飛機坐車駛向住所。這組鏡頭很長，也很安靜，觀眾聽到的只是飛機的馬達聲、汽車的行駛聲和山澗的鳥叫聲。剛開始僅僅是把它理解為節奏的變化，後來再一想就明白了：既交代了空間環境也交代了遠波的身份和地位。因為第一，不要說三十多年前，就是現如今，自己開著飛機下班回家的，絕不會是等閒之輩。第二，除了飛機、專車、貼身秘書，汽車在山間公路上蜿蜒曲折，一長段空鏡，又說明了遠波所擁有的地盤和產業的廣大——至於借矢村警長之口交代說遠波的農場還有三十多個工人，今天才越發知道遠波的財富更不可小覷。因為國外農場的機械化程度非常高，這麼多工人不是中國大陸觀眾當時理解的概念。

一般說來，一個人在日常生活中所佔據和掌控的空間範圍，與他的心理能量和心理空間的深邃成正比。遠波正式會見杜丘的時候，該說什麼說什麼——這不是什麼禮貌和客氣的問題，是身份地位是否得體的問題——等真由美一離開會客廳，遠波就直截了當地說：杜丘先生，我明天要去哪兒哪兒競選，你是不是跟我坐飛機一塊去自首？要從常理說，遠波說的沒錯。為什麼？

因為你作為我女兒救命恩人，我能幫你的就是這一點——你去自首，這是能說出來的，也是你能明白的，這對你只有好處沒有壞處；沒有說出來的意思，是對我也有好處；還有更不能說出來的，是對我女兒更有好處。當然這個時候遠波並不知道女兒已經對杜丘一見鍾情。但無論怎麼說，遠波都沒有錯：首先，救命之恩總應該報答人家。但人性的複雜在於，這種報答是讓杜丘及早投案自首，這不僅對對當事人好、對女兒好，還對自己競選有利——你想，候選人親自帶著逃犯去自首，這比什麼競選宣言都管用——你還不能說這很卑鄙，因為這才是真實的人性。

　　其次，即使遠波知道了救命恩人和女兒締結了生死戀情，他幫助杜丘出逃的方式也值得深思，那就是讓杜丘自己開飛機逃離。當時覺得遠波的這個想法既智慧又大氣——肯把這麼貴重的交通工具借給逃犯——那時的中國大陸，能借自行車給別人，尤其是陌生人，那得是怎樣的過命之交啊——但現在仔細一想，這個動機就不能不讓人起疑。道理很簡單，雖然遠波說開飛機很容易，但對從沒有開過飛機的人來說，再容易也極為冒險。所以，杜丘開飛機只有兩種可能，一種是成功了，一種是不成功。從常理來說，成功的可能性不大，不成功的可能性很大，而一旦不成功，杜丘這個人是徹底沒救了——如果摔下來，女兒也不會怪父親，父女之情還可以延續，自己還可以接著競選：後面交待得很清楚，警察那邊得到的通報是杜丘「劫持了一架飛機」，而不是遠波主動提供的。

　　為什麼要對遠波的行為意識做這些深入推斷？因為有一個細節值得注意，那就是秘書兩次打電話給警方通風報信。從表面上看，這是一個過分忠誠的僕人盡職盡責的體現。但是再仔細分析，應該說這裏面應該還有一定的人性考量空間——這未必不是遠波的指使或者暗示，或者說，是主僕二人多年來形成的默契：一方面我去送他上飛機，另一方面你去報告警察；而且這段時間卡得特別緊，讓杜丘還沒學會開飛機就得上天飛；而杜丘一旦成功，既可以讓遠波擺脫干係，又能成就女兒的美好姻緣。影片當然是按照後一條路數來演繹的，但無論做怎樣的讀解，編導都是貼著真實的人性來表現的。換言之，作為父親，遠波身上的人性是複雜的、真實的、可信的——經典電影都是如此，這樣才有好看一說。

 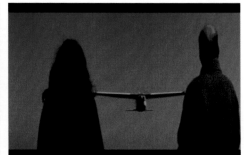

寅、視聽語言——雅俗共賞

　　作為大眾化的藝術表現形式，經典電影的自我解說功能，還體現在接受上的雅俗共賞和可以進行多層次讀解。前者如杜丘的飛機用超低空飛行的方式躲避空中追捕，內行對這種專業知識和術語心知肚明，可一般觀眾未必能一目了然，所以影片有一段警方的對話，特意說明「超低空飛行雷達是探測不到的」。對剛剛結束「文革」的中國大陸社會來說，這種不無高科技含量的東西被很通俗地解釋出來，顧及和考慮到了觀眾的接受心理和層次。後者的

例子，就是杜丘剛剛把飛機扭扭捏捏開上天後，又搖搖晃晃地飛回機場，從警車上空掠過。從表層上看，是說明杜丘對飛機掌控不熟練，折身飛返是出於技術糾正的考慮。最開始，觀眾也可以理解爲是向警察示威，至少是增加影片的緊張氣氛。但後來我覺得沒有必要，因爲杜丘是一個很有涵養的人，所以也可以解釋爲是用一種很霸氣的方式向心上人眞由美道別。但無論作何解釋，這些鏡頭用得非常細膩，不是來對付觀眾而是能夠引人思索的。

《追捕》的音樂配置極佳。譬如被中國大陸觀眾稱爲「啦啦歌」的主題歌當時風靡一時，回響於大街小巷。這首只有一句歌詞的主題歌在影片中先後完整地出現了四次，即片頭、杜丘駕機飛往東京、他和眞由美在繁華鬧市策馬衝破警察的包圍圈以及結尾時，每次響起，都有震撼人心，給人再上高潮的感覺〔註4〕。杜丘隻身前往北海道尋訪橫路敬二，以及以精神病人的名義孤身深入醫院時配的音樂也同樣精彩，不僅渲染了緊張氣氛，而且深化了人物心理，更重要的是，這種深入淺出的方式讓人明白和理解了音樂爲主題服務的意識——這本來就是個常識——有意思的是，杜丘在精神病院深夜探尋橫路的那一段音樂，與崔鍵1990年代創作的搖滾樂《快讓我在雪地裏撒點

〔註4〕 《追捕》的DVD版中，主題曲實際上出現了5次，其中一次是旋律變奏。第一次出現（片頭）的具體時段爲00:10～02:26，時長爲76秒；第二次是山洞中激情戲部分，爲主題曲變奏，具體時段爲63:11～65：00，共109秒；第三次是杜丘駕機出逃、翱翔天際之時，具體時段爲75:45～77:25，共100秒；第四次是眞由美與杜丘在新宿街頭策馬躲避追捕，具體時段是109:35～111：03，共88秒；主題曲最後一次出現是片尾，具體時段是149:25～150:59，共94秒。五次主題曲演奏時長共467秒，占影片總時長（150分鐘69秒=9059秒）的5.16%——顯然，影片的藝術魅力與主題曲的出色及多次出現有一定的關聯。我第二次看《追捕》是1980年代中期，二十幾歲的時候，當眞由美再次策馬在警察眼皮底下捨命救出杜丘時，我哭得一塌糊塗——因爲幾年沒考上研究生，女朋友便先行投奔自由去了國外——當時的感覺是，瞧人家的女朋友。現在想來，還是自己不爭氣，因爲沒幹出什麼讓人值得爲你獻身的大事情。只有長歎。

兒野》有種奇妙的內在關聯，這裏面，「大夫老爺」和「護士姐姐」是連接點。
至於同時期張藝謀導演的《秋菊打官司》，開片那段著名的街頭隱形拍攝（偷拍鏡頭），凡是過來人，一看就明白，那是直接師法《追捕》的片頭。

　　《追捕》的結尾意味深長：當杜丘官復原職走出單位大門，（音樂漸起），眞由美迎上去問，事情完了嗎？杜秋歎口氣說，哪有個完吶。（音樂漸強）。鏡頭拉升後的東京全景，與影片開始時的景別呼應。

　　看吶，這城市，打槍騎馬開飛機；那男人，那女人，還有那，男女生活的氣息。

丁、公映版刪節的文化心理動機和意識形態考量

　　1978年中國大陸譯製公映的《追捕》，不僅震撼了無數觀眾，同時，也和其他日本電影一道，共同構築了當代中國大陸民眾精神文化結構最基礎和最堅實的一層。然而，幾乎過了將近三十年，人們才借助互聯網偶然得知，當年看到的是刪節版——現今的 DVD 未刪節版，如果突然沒有了漢語配音和字幕，而只有日語原聲，那就說明這就是當年被刪節的段落——我一再強調，中國大陸對外國電影（還包括其他外國文藝作品如小說、詩歌、散文和戲劇）的接受與傳播歷史，實際上是一部接受刪節版洗禮的文化史。

幾年前，網上有人專門討論過《追捕》的刪節問題，認為影片被刪除了四場戲：第一場是杜丘「偷鞋」：警長矢村帶杜丘到家中進行搜查，杜丘意識到被人陷害，便假裝上衛生間之機跳窗逃跑：「緊接著發生的情節中國觀眾沒有看到：杜丘光著腳走在路上遇到一群孩子，然後偷走了一雙擺在門外的鞋子」；網友對此評論說，「這場戲所以被刪，一定是有關領導怕觀眾接受不了杜丘竟然會偷東西的事實」〔註5〕。這個推論是正確的，因為作為正面人物，不論動機如何，都不應該有這樣的行為，這與其說是中國大陸當時的社會主義道德教育準則不能容忍的，不如說是幾十年來中國大陸官方和民眾共同形成和結構的觀影心理定律。

一旦明瞭這個幾十年來形成的定律的定位和規矩，那麼其餘三場戲也同樣非刪不可了。一是「山洞中的激情」，網友貼了六張圖片給以說明：「杜丘逃進山林，從熊口救出了農場主的女兒真由美。真由美把杜丘藏在山洞裏，又救了追捕他的矢村警長。這時，杜丘告訴真由美，他回東京去繼續調查，真由美堅持要和他一起去……兩人熱烈接吻，音樂聲起……（對於剛剛經歷改革開放的中國觀眾來說，這個鏡頭已經足以讓他們看得熱血沸騰了，可是他們不知道後面還有他們看不到的更刺激鏡頭）」，這些當年觀眾無從得見的場景包括「脫衣」、「投入」、「陶醉」，網友評價說，「只有 AV 才做這樣的動作，沒想到真由美也……」〔註6〕。

〔註5〕甲馬〔轉貼〕：原版《追捕》：那些被刪掉的激情畫面，見：自凱迪社區 → 凱迪 BBS 互動區→貓眼看人，網址：http://work.cat898.com/dispbbs.asp?boardid=1&id=1935584。

〔註6〕甲馬〔轉貼〕：原版《追捕》：那些被刪掉的激情畫面，見：自凱迪社區 → 凱迪 BBS 互動區 → 貓眼看人，網址：http://work.cat898.com/dispbbs.asp?boardid=1&id=1935584。

　　二是第三場戲，網友也有六張圖片及說明：「杜丘到了東京，躲避著警察對他的追捕，被一名在街上拉客的妓女發現了」，「發著高燒的杜丘暈倒了」，「妓女將他帶回了自己的住所」，「細心地照料他」，「晚上和他睡在一起」，「為他做早飯，表示相信他不是壞人」〔註7〕。我要補充的是，即使是原版，這場戲也很乾淨，沒什麼見不得人的。但有關部門的動機是首先，不能出現妓女，資本主義國家的也不行——這都多少年沒見過這種職業了？女人身上裸露的肩帶式乳罩也不行——咱哪見過這個？成年女人有貼身大布衫就不錯了；再有，這種職業能是好女人幹的？那，壞女人怎麼有資格幫助好男人並且非法同居呢？刪。

　　最後是第四場被刪除的戲，就是今天，那些內容也足以嚇壞有關部門，因為居然有（今天觀眾已然見怪不怪的）「正面」露點鏡頭。網友先說明如下：「杜丘在東京新宿被追捕，關鍵時刻真由美騎著馬救杜丘突出重圍，然後矢村找到他們住的旅館。中國觀眾看到的是：矢村往房間裏闖，真由美說了一句『太無禮了！』杜丘就出來了，可實際上電影裏的情節比這個要複雜」；然後，用九張圖片詳加解釋：「矢村來找杜丘，真由美開了門」，「矢村沒看到杜

〔註7〕甲馬〔轉貼〕：原版《追捕》：那些被刪掉的激情畫面，見：自凱迪社區 → 凱迪BBS互動區 → 貓眼看人，網址：http://work.cat898.com/dispbbs.asp?boardid=1&id=1935584。

丘」、「矢村硬要檢查」、「要進洗澡間去看」、「真由美想用脫衣服的辦法阻止他」、「矢村不為所動，就這麼看著」、「居然有正面特寫！！！」、「矢村有點受不了了」、「杜丘終於出來了」〔註8〕。

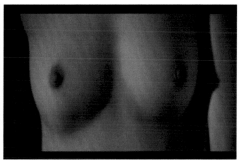

絕大多數讀者對這個帖子的觀點是一面倒的贊同，以及歎息、感慨、喝彩並在此立場上的冷嘲熱諷，譬如，「什麼都要刪，這是一個喜歡閹割的國度」（第6樓）、「幾個腦袋決定幾億腦袋」（17樓）、「驚訝！快三十年才知道真相！」（27樓）、「兩個版本此出彼消耗時二十年，換言之，我們要解決一個女性半裸可看不可看的問題，需耗用整個生命的三至四分之一時間……癆病了給馬吃藥。我們扭曲了的眼光裏容不得不扭曲的東西，因為我們內心齷齪了，再看人間從此就沒了常態。自尊自信？此種文化背景之下，我們若有健全的人格那才是怪事」（54樓）、「長大了才發現日本並不是他們說的那樣面目可憎。比如追捕，警察是完全可以把杜丘當場擊斃的，如果實在不行，精神病院裏也可做畏罪自殺！」（73樓）、「30年，終於看完了這部電影」（96樓）……；比較平和的意見是：「作為影院公映作品，在當年的背景下（其實也包括今天），這些鏡頭也是不得不刪了」（21樓）、「因為沒分級……刪除很正常。不然只能讓父母捂住孩子的眼睛了……期待分級制度能快點實現」（33樓）、「這片子不錯，不過，審片子的老幹部刪去了這些，好像整個電影的感染力要小些了，現在看了沒有刪除的，覺得，還是加上去的好。可以實行兒童不宜之類的」（111樓）、「如果不刪，今天都未必看的到.所以，刪了也好」（113樓）、「現在看沒啥，但當時不刪不行吧，如果這些在79年就演出來，那還不炸鍋了。那我爸能讓我看嗎？」（136樓）；也有不以為然的，認為

〔註8〕甲馬〔轉貼〕：原版《追捕》：那些被刪掉的激情畫面，見：自凱迪社區 → 凱迪 BBS 互動區 → 貓眼看人，網址：http://work.cat898.com/dispbbs.asp?boardid=1&id=1935584。

「當時日本這個電影反映很一般，這些激情鏡頭，也不怎麼吸引人。冬天冰冷的山洞，堅硬的地上，逃亡中，怎麼可能有這個心情？」（135樓）〔註9〕。

在我看來，刪了男女主人公山洞激情那場戲的後半截多少還能講得通，因為畢竟那個意思已經到了，而且於情節和感情線索沒有太大損傷。但杜丘被性工作者搭救這場戲全部刪除就說不過去了，因為杜丘連人帶飛機掉到海裏，再次出場時居然能好端端地到了市中心，這違背起碼的生活常識。而以杜丘當時的身份和處境，他只能躲到紅燈區——杜丘在最困難的時候得到這個外表和心靈一樣美麗的性工作者的幫助，看上去是出於情節敘述的需要，但實際上是主題思想的核心體現，或者說，是編導通過人物形象發表的宣言。

杜丘曾和這個女人說了這樣一句話：「我一直想做法律的維護者。我不允許我做法律的破壞者」。杜丘知道什麼叫法律，可他的遭遇卻讓他發現，他所

〔註9〕最意氣用事的發言是「廣電總局的幾個老頭在審片的時候已經看得鼻血橫流了，為了避免全國血流成河，老傢夥們毅然把減掉的片段放在家裏毒害自己」（10樓）；需要附加說明的是，主帖發佈時間是2007-11-16 15:39:04，剛剛過了24個小時，就有16972個閱讀者（2007-11-17 16:22:46）；以上引言與數字均轉引自甲馬〔轉貼〕：原版《追捕》：那些被刪掉的激情畫面，見：自凱迪社區→凱迪BBS互動→貓眼看人，網址：http://work.cat898.com/dispbbs.asp?boardid=1&id=1935584。

維護的法律卻要陷害他，而他又必須以逃犯的身份、以違法的方式與之對抗。因此，這兩人之間的對話其實並不是人物之間的對話，而是影片的靈魂所在：如何避免真正守法的人不被違法者利用法律陷害的悲劇發生並最終懲治犯罪者？杜丘為什麼被陷害？不就是他想追查那些幕後的違法交易進而維護法律的公正嗎？可那些黑勢力卻恰恰要借助法律致其於死地——從被栽贓搶劫、強姦到所謂殺人滅口，最終是要杜丘被滅口。這樣的例子，無論當時還是現今，人們並不陌生，（實際上會覺得很熟悉）。

其實這樣的事情在哪個國家哪個時代都有，並沒有古今中外之別，所以主題曲才那樣讓人感到激昂又感到悲愴，歌詞只有一個「啦」字。這時候你會明白，無論杜丘和真由美火辣的激情上演還是與性工作者的偶遇，都是敘事表層，主人公執著追求的精神也並不是僅僅屬於他自己，而是影片的主體思想，也就是公理正義和良知的體現。故事有無數種編講法，上什麼鏡頭露什麼點都不是問題；問題是，人們雖然可能未必一下子就能進入這個正常社會、過上這樣正常的生活，但卻知道，有一種社會、一種生活會比現在這個更好，至少不應該是現在這個樣子。

除了網上討論中提到的部分，當年公映的《追捕》其實還有其他一些的鏡頭、場景甚至對話也都被刪除。這些刪除今天看上去有點無釐頭，但同樣

也是當年中國大陸社會意識形態管控的必然反應和直接結果。譬如，全部刪除了杜丘夜裏上岸後在林區打昏護林員後逃走的一場戲，刪掉它，同樣出自中國大陸官方定律，即維護正面人物形象的觀影心理定式。又如，當警方準備押著杜丘去家裏搜查時，檢察長請求警長把杜丘戴的手銬暫時摘下，說：「就算我求你了」。觀眾後來只看到杜丘沒戴手銬，卻不知道還有這麼一節，這大概是不想讓人體會到資本主義國家的人情味吧，雖然檢察長的動機只是不想讓檢察院太丟面子。再如，當矢村把黑社會老大長岡了介打死後對杜丘說：「這事與你無關」，杜丘回答：「矢村，我作為被通緝犯，無權為你作證」。矢村的意思是我沒看見你開第一槍，而我殺了他有正當防衛的理由，杜丘的話說白了就是「我沒看著」。公映版刪去了這段對話。

　　杜丘的冤枉真相大白後，對檢察長說：「我在逃亡時就明白了，對於法律我一直在想，我想，執法者不能只站在追捕別人的立場上考慮問題，他也應該考慮一下被追捕者的立場上」。這句話道出了西方法律的根本精神，那就是無罪推定。這是影片人道主義的出發點，更是西方法律的一個生長點。作為西方社會和文化歷史的一個常識，這一點在影片中被大眾化的表現出來，既是《追捕》的點睛之筆，也對中國大陸社會有絕大的現實指導和警示意義。是誰說杜丘是有罪的？影片告訴人們，當惡勢力強大的時候，好人就成了罪犯，如果法律不能夠保護被冤枉的好人，那就會成為惡人作惡的兇器，這是最可怕的。因此，無罪推定的精神應該是寧可放過一千個壞人，也不能冤枉一個好人。而在非常態社會和非常態時期，恰恰奉行寧可錯抓一千個好人、也不能放過一個壞人的政策。我要是沒記錯的話，杜丘的這句話，並沒有出現在公映版中〔註10〕。

〔註10〕　本節（丁、公映版刪節的文化心理動機和意識形態考量）中，所有的插圖均源自影片的未刪節版（DVD版）。根據不完全統計，將電影公映版（VCD版）與未刪節版（DVD版）對比，至少共刪除了21處，總時長為1703秒，約占

DVD 總時長的 25%。換句話說，當年民眾看到的電影版《追捕》，實際上被刪節了至少四分之一的情節和對話鏡頭。

這些被刪節的具體時長和分佈如下：

【刪節 1】02：48～03：09，共 21 秒，化名橫路佳代的紅衣女子在派出所向警察控訴的前半段。

【刪節 2】03：37～04：42，共 65 秒，刪掉矢村進派出所以及和警員說話的一些鏡頭。

【刪節 3】08:04～08：50，共 46 秒，杜丘從禁閉室裏出來，警長矢村示意手下將其銬住。

【刪節 4】11:01～11:53，共 52 秒，在檢察長的請求下，細江解除杜丘的手銬。

【刪節 5】15：42～16:36，共 51 秒，從家裏逃出來後，杜丘路上遇到孩子們以及隨後的偷鞋子鏡頭。

【刪節 6】17：09 ～17：50，共 41 秒，新聞發佈會上記者們就案情輪番追問檢察長。

【刪節 7】20:54～22:03，共 69 秒，搜查本部討論杜丘案件的一些場景和對話鏡頭。

【刪節 8】25:42～28:26，共 164 秒，杜丘乘火車的一些鏡頭；矢村與伊藤商議的一段。

【刪節 9】42:40～43:14，共 34 秒，真由美在家裏給昏迷中的杜丘擦汗的幾個鏡頭。

【刪節 10】63:46～64:59，共 73 秒，杜丘和真由美山洞中的主要激情戲橋段。

【刪節 11】82:14～82:31，共 17 秒，在說完「雷達是探測不到的」的臺詞之後，矢村和伊藤的對話。

【刪節 12】84:08～85:20，共 72 秒，警察在海灘上發現杜丘遺棄的衣物、矢村在地圖上確定飛機墜落的地點，以及杜丘藏進貨車車廂躲過警察檢查哨卡的鏡頭。

【刪節 13】89:16～89:23，共 7 秒，白衣人說完「東南藥廠」後，建築物出現前的鏡頭。

【刪節 14】91:23～102:43,共 680 秒,矢村說完「非常感謝」、躬身答禮後的談話;車上看照片和說話鏡頭;杜丘從卡車上下來,坐火車,進入林區後打昏盤問的護林員,然後在紅燈區被一位性工作者搭救回家照護。後面這兩場戲全部被刪除。

【刪節 15】103:36～103:58,共 22 秒,刪掉了矢村和細江詢問唐塔醫生時進門和給照片的鏡頭。

【刪節 16】112:38～113:61,共 33 秒,眞由美爲了阻止矢村進浴室找杜丘,脫衣威脅。

【刪節 17】114:03～115:02,共 59 秒,眞由美穿好衣服後,不好意思地依偎著杜丘。

【刪節 18】118:34～118:44,共 10 秒,眞由美開車送杜丘去精神病院途中的幾個畫面和對話。

【刪節 19】119:08～119:44,共 36 秒,杜丘進入精神病院後說完「請多關照」後的幾個鏡頭。

【刪節 20】135:53～136:08,共 15 秒,唐塔大夫和長岡了介在醫院走廊裏的交談鏡頭。

【刪節 21】146:51～149:07,共 136 秒,杜丘、矢村和檢察長在樓頂天台交談的鏡頭。

(以上數據統計協助:劉曉林)

戊、結語

實際上，從 1949 年直到 1970 年代末的所謂改革開放初期，中國大陸社會始終認為西方資本主義社會——或者說，整個西方世界——都是充滿罪惡的愚蠻之地，即使偶而出現像杜丘這樣的好人，最終還是要被陷害。影片結尾處，真由美與杜丘的對話（「完了嗎？」——「唉，哪有個完啊！」）正好符合了多年一貫制的宣傳口徑，並可以在意識形態的語境中放大為如下意思：在資本主義社會中，這種冤假錯案好人倒黴的事情是無窮無盡的，只有在更美好的社會主義國家，人民生活才是一片陽光明媚——這是《追捕》雖然被多處刪節，但仍然能夠被准予譯製公映的意識形態考量動機。

2005 年前後，一位中國大陸製片人帶領攝製組到日本，想做一個老電影懷舊的專題，其中包括《追捕》。但兩位著名影星——飾演杜丘的高倉健和扮演橫路敬二的田中邦衛——卻「不願為了《追捕》接受採訪」〔註11〕；攝製組後來得到的解釋，是有人告訴他們，「《追捕》是很一般的片子，當年在日本上映時是拿『有錢』來做噱頭的——真由美策馬救杜丘那場戲，在川流不息的新宿大街上跑起馬隊，那得多有錢！」〔註12〕。依照我個人對日本文化和民族性格的理解，我不相信這是兩位影星拒絕採訪的真實原因：日本人從沒有忘記自己做過的事情，從來都不會，無論是大事小情、多少年前做的；他們不願意見攝製組談《追捕》的真實原因，在我看來只有一個，那就是對中國大陸公映版刪節影片的委婉抗議。捨此無他。

〔註11〕 李宏宇：《崔永元保衛瓦爾特》，載《南方周末》2007 年 6 月 14 日，D27 版。

〔註12〕 李宏宇：《崔永元保衛瓦爾特》，載《南方周末》2007 年 6 月 14 日，D27 版。

请放心,井杉先生
这儿和普通的医院完全一样

饭一会就送来

　　包括《追捕》在內的一批日本電影，在 1970 年代末到 1980 年代初的中國大陸公映後，對中國大陸社會產生強烈、廣泛和深遠的影響，有人稱之爲「那是一場場震撼的心靈大地震」〔註13〕，此言精準到位。對於《追捕》，當時一直有民間傳說還有《續集》，而且言之鑿鑿。具體根據是，長崗了介拒捕時，杜丘用矢村的槍先開了一槍；所謂《續集》就從這兒講起，說是長崗了介的一隻眼睛是假眼，裏面放了個照相機，拍下了杜丘越權殺人的不法行爲，結果迫使杜丘再次逃亡。這個民間版本雖然是無中生有，但編者和擁躉者們的智商都不低，而它之所以能得到那麼多人的熱心傳播和呼應，一是與觀眾熱切盼望精彩再現的觀影心理有關，再一個就是跟影片本身有關。因爲《追捕》結構嚴整，環環相扣，還有個暗示性極強的半開放式結尾，眞要有「續集」，也只能從這裏入手。

目前警視厅正在通缉你

横路敬二吗?

　　評價一部作品是否是經典，最簡單的篩選方法，就是交給時間。如同對愛情和美貌的檢驗，任你如花美眷、驚似天人，都要經受時間的磨礪。眞正的好作品，時間會給出一個公正的答案，《追捕》就是如此。而一個作品的好壞，還有一個眾所週知的具體衡量標準，那就是眞、善、美。這其中，無論

〔註13〕　章海陵：《日本片是中國人的教科書》，原載摘自香港《亞洲周刊》，轉引自網絡版，網址：http://www.dudu163.com/html/writing/37/20061014107683.html。

是敘事還是對人性的表達、對人物的展示，首先要有眞實的眞，然後才能談到其他譬如善與美。沒有誰能否認，無論是當時還是現今，《追捕》都是當之無愧的好電影。其次，我始終認爲，所有進入中國大陸的外國電影，如果沒有和當時的中國社會與民眾構成文化和心理上的關係，或者脫離了影片在中國大陸放映的時代背景以及對民眾產生的影響而單純考慮影片的藝術成就和特點，那就沒有任何意義。包括《追捕》在內，「譯製片……是中國電影文化的一部分，甚至在特殊年代是一個重要的組成部分」〔註14〕。一個例子是，影片公映以後，中國大陸口頭語中就增加了一個詞彙叫「橫路敬二」，形容那些始終被有權有勢者利用最後落得一個傻子下場的犧牲品和可憐蟲。

己、多餘的話

子、世俗層面上的文化影響

《追捕》對中國大陸社會的影響是全方位的，既涉及思想領域、社會領域、文化領域，也深入世俗層面，包括人們的行爲意識和衣著打扮。我不能保證所有的男人都認可和欣賞杜丘的言行舉止，但可以說，絕大多數人都

〔註14〕 王小峰：《崔永元談譯製片的〈電影傳奇〉》，《三聯生活周刊》2007年第22
期，第115頁。

被高倉健冷峻酷斃的做派給震住了，認爲這才是男人。我不能推測有多少人從眞由美的言行舉止中得到什麼啓示、生發什麼感慨，但我相信絕大多數男人都被中野良子迷住了，覺得這才是女人，尤其是理想中的女人，不僅敢恨敢愛、熱情似火，而且又柔情似水、充滿女性魅力。

影片公映後，似乎一夜之間，所有的男人都穿上了杜丘穿的那種長風衣，也不管自己個子高低、肥矮胖瘦，是否合體；幾乎所有的女人都羨慕和嚮往眞由美的皮夾克，當然，不是所有羨慕的人都穿得起，因爲皮夾克既貴又輕易買不著，但她們中的許多人都留起了披肩長髮卻是事實，至於氣質是否合適，則另當別論。還有更爲激進拉風的，留起了大鬢角的「矢村頭」，再戴上一副黑眼鏡招搖過市、耀武揚威，雖然他們大多是奉公守法、謹小愼微的一介平民，從未想到有一天會當上警長。

從那時起，似乎人人都會時不時地哼上幾句《追捕》的主題曲「啦啦歌」，人人都能隨口說出、引用幾句影片中的臺詞。譬如「杜丘，你看，多麼藍的天啊……走過去，你就可以溶化在那藍天裏……一直向前走，不要朝兩邊看」，「昭倉不是跳下去了嗎？唐塔也跳下去了，現在你也跳下去吧？」1980年代初期，東北有個有名的相聲演員楊振華，他和金炳昶合說的一個相聲就以《追捕》爲題，用的全是影片中的對話，連說帶唱、笑點不斷。沒聽過的很少，聽過的都覺得眞好，到現在我也都覺得不錯。

丑、「愛」和「喜歡」，行和不行

眞由美的所作所爲，至始至終都著實讓當時的觀眾吃驚。因爲幾十年來中國大陸民眾看到的電影和這個太不一樣了：女主人公怎麼能一見面愛上一個男人，而且還是個被追捕的「壞人」？她的階級覺悟哪裏去了？只有同一階級才能產生這種愛，這是幾十年沒有改變的定律——如果影片中還有愛情的話；再說，怎麼一見面就直截了當地說愛上人家了呢？雖然許多觀眾都知道「我喜歡你」這句臺詞已經是做過技術處理的結果，和「我愛你」在字面上有很大區別，但那也不能那麼說啊。

要知道，直到 1970 年代末期、1980 年代初期，中國大陸民眾無論在書面還是口頭，「愛」都是一個極端私密、需要冒很大風險才敢使用的語言，輕易說不得也；所以，多數情況下用「喜歡」這個詞替代，就這，已經非常曖昧甚至不無色情之嫌了。當時中國大陸的電影裏更沒有這個「愛」字，如果有，愛的對象也是複數的或抽象的，譬如愛祖國愛人民愛領袖愛黨愛社會主義共產主義……就是不能說愛一個異性——男女都不行。譬如《廬山戀》（上海電影製片廠 1980 年攝製），熱戀中的男主人公看著身邊的女主人公憋得沒辦法，只好衝著蒼天和大地一再高喊「我愛你，祖國」。

寅、愛情和性愛的啟蒙

1949 年以後，進入中國大陸公映的外國電影，作為外來文化的重要組成部分，始終擔負著一個啟蒙被本土文化摒棄和屏蔽的愛情和性愛的重任。就《追捕》而言，真由美和杜丘在山洞中的那場戲，儘管只是刪節後的片段，但已經足夠讓無數觀眾就此完成了人生第一次性愛心理的啟蒙。就這個意義上說，對管控部門沒有完全刪除這場戲應該不無褒貶，應該看做是中國大陸文化政策的一個小小進步。要知道，在 1970 年代的「文革」時期，即使是放映來自「蘇聯老大哥」的電影，譬如《列寧在十月》（1937 年出品，中央電影局東北電影製片廠 1950 年譯製），出現革命夫妻瓦西里和妻子擁抱的鏡頭時，放映員也會「奉上級指示」用手遮住鏡頭，以免民眾的心靈受到「污染」。

多年以後，應該有許多人感謝電影審查部門沒有把這場山洞激情戲完全刪掉，因為它幫助了許多人平穩的度過了青春期，或者說，有助於人們形成正確的情愛觀點——而一個人的在這方面的偏差會導致心理和人格的變異，這是常識——這樣的啟蒙，無疑會對中國大陸民眾的思想意識、倫理觀念、道德觀念形成衝擊，進而與進步、開放的現代化理念相對接——今天人們所享受的成果不是理所當然的，是以往一點一滴的努力才得到的結果。就此而言，《追捕》功莫大焉、善莫大焉。

卯、一時代有一時代的電影

這句話是從周作人那句「一時代有一時代的文學」裏生發而來，應該沒
什麼大錯誤。從歷史的角度看，經典永恒；從每個個體的角度說，影響自己
一生，或者對自己產生重要影響的作品永恒。後一句的意思是說，那些影響
自己人生的作品未必就是歷史意義上的經典，但對自己，那是比經典還要重
要──如果二者重合，最好；不重合，也無關緊要。這就是現今有許多中國
大陸的中老年人對新一代熱衷的所謂大片或巨片根本不屑一顧或覺得不可理
喻的原因。在那個我等年輕氣盛、熱血沸騰的年代看過的影片，影響了大半
輩子，現在再看新的大片，最多也就是狗尾續貂而已。

辰、道德和法律都不是萬能的

《追捕》的思想深度當然值得稱許，尤其是對中國大陸社會的現實意義，
當下比三十多年前還要重大、還要緊迫、還要值得警醒。這是毫無疑問的，
任何情形下都需要一再強調的。但說到底，影片體現的精神其實在中華文化
中早已有之，譬如以違法方式和手段對抗違法和非法的問題，以及由此而生
的困惑。中國古人千百年前就已經發現並解決了這個問題，那就是，人間事，
法無定法，然後知非法法也；天下事，了猶未了，何妨以不了了之。上一句
說得很清楚，天下的事，無論正反，不是都能用法律，或者固定的、一成不
變的方式來解決的；如果把這裏的「法」確定爲法律的意思，那就是說，不
要以爲按照法律就能解決一切的問題；法律其實是一種最笨拙的解決問題的
辦法，因爲法律是道德的最底限。同理，道德也不是萬能的，以德治國，古
代就沒有行得通的例證。

巳、刪節版對藝術表達的損害

　　杜丘僞裝成精神病人要去醫院尋找栽贓陷害他的橫路敬二，眞由美開車去送並勸提醒杜丘這樣做有危險。此時主題曲變奏響起，眞由美感歎道：「究竟什麼時候才能結束——你的旅行？到哪兒，才是終點呢？」這時的眞由美已經從一個少女變成一個少婦，從杜丘的情人變成和他生死與共的夫妻了。一般說來，影片到這兒就可以轉場，但這一段卻一直拍到他們的車子到了醫院停車場，駛入車位，而後兩人下車，關車門，再擡頭仰望醫院大樓。這一連串的動作、鏡頭和景別，客觀上是爲了等主題曲演奏完畢，主觀上襯托和渲染這對苦命夫妻同甘共苦的情境。但當年的公映版，從眞由美車上說的那句感歎開始刪起，直接對接與唐塔醫生的談話，前後刪除的時長約爲一分鐘。這是不對的，因爲刪掉了這句感歎，就沒辦法和影片結尾處的問答銜接。這裏的刪節，損害了這個女人和她的愛人生死與共的情感表達。

午、唇齒留香而人琴俱老

　　1990 年代以後，我和許多當年日本電影的老觀眾一樣，並沒有看到《續集》的出現，甚至連傳言也再沒有聽到有人提起。我想這裏面的原因可能有兩個。一是以美國大片爲代表的西方電影大批進入中國內地，日本電影的輝

煌時代不再，雖說至今還吸引著一代又一代青少年群體的擁躉，但全社會為之狂歡熱愛的時代已然不再；第二，杜丘的扮演者高倉健（1931年生人），現如今至少已經過了八十歲了吧？〔註15〕如此算來，演真由美的中野良子姐姐（生於1950年），以及栗原小卷（生於1945年）、山口百惠（生於1959年），都到了美人遲暮的年齡，即使年輕如藥師丸博子（生於1964年）也是中年熟婦許久了：這些可愛的日本姑娘，曾經是多少年輕人的夢中偶像——最重要的是，作為當年的觀眾，我和成千上萬的男人一樣，也開始老了。畢竟，那是三十多年前的事情了。往事如煙。煙多了也醉人。

我也去行嗎？

未、延伸讀片（按譯製時間排序，黑體標出的為產生重大影響的影片）

1、《二十四隻眼睛》，1954年出品，長春電影製片廠1956年譯製；

2、《廣島之戀》，1959年（與法國）聯合出品，上海電影製片廠1961年譯製；

3、《山本五十六》，1968年出品，八一電影製片廠1969年譯製；

4、《啊！海軍》，1969年出品，八一電影製片廠1969年譯製；

5、《生死戀》，1971年出品，上海電影製片廠1976年譯製；

6、《華麗家族》，1974年出品，上海電影製片廠1978年譯製）；

7、《金環蝕》，1975年出品，上海電影製片廠1979年譯製；

8、《人證》，1977年出品，上海電影製片廠1979年譯製；

9、《望鄉》，1978年出品，上海電影製片廠1978年譯製；

10、《砂器》，1977年出品，上海電影製片廠，1980年譯製；

11、《啊，野麥嶺》，1979年出品，上海電影譯製廠1980年譯製；

〔註15〕 在我修改這篇文章的時候，和許多人一樣，驚訝地得知高倉健去世（2014年11月10日），並且為此嗟歎、傷感不已。那麼，這篇文章可以算作是一個敬仰者對他的追思吧。

12、《遠山的呼喚》，1980 年出品，上海電影製片廠 1981 年譯製；

13、《阿西門的街》，1981 年出品，長春電影製片廠 1982 年譯製；

14、《蒲田進行曲》，1982 年出品，上海電影製片廠 1982 年譯製；

15、《幸福的黃手帕》，1976 年出品，上海電影製片廠 1985 年譯製）；

16、《吹口哨的寅次郎》，1983 年出品，長春電影製片廠 1985 年譯製；

17、《W 的悲劇》，1984 年出品，長春電影製片廠 1986 年譯製；

18、《伊豆舞女》，1974 年出品，上海電影製片廠 1987 年譯製；

19、《入殮師》，2008 年出品，八一電影製片廠 2008 年譯製。〔註16〕

〔註16〕 本章收入本書前，正文（除了己、多餘的話）中的約 11000 字，曾以《日本電影的心理衝擊及其刪節考量——以 1978 年譯製的〈追捕〉（1976）爲例》爲題，先行發表於 2014 年第 6 期《汕頭大學學報》（福建，雙月刊）特此申明並將專門編寫的**英文摘要**附後。

Psychological Impact on Chinese mainland Society by Japanese Film and Motivation to Delete Scenes: The Chase（1976）by Ken Takakura Dubbed in 1978

Abstract: *The Chase* shown in 1978 was one of Japanese films which created greatest sensation and the strongest social influence. The hero Morioka and the heroine Tonami Mariko , with frosty look , cool appearance and bold acting style , captivated countless audience's hearts , and enlightened the psychology of love for young people , moreover completely overturned the traditional psychology of viewing film and criteria of aesthetics. Seeing the film after 30 years , we find the complicated humanity the director excavated and depicted , the seeing and hearing languages suiting both refined and popular tastes , and the main idea , all established the strongest foundation for people's spiritual world in Chinese mainland at the time. The deletion of 25 scenes—lasting 40 minutes by authorities reflects the old cultural psychologyn for foreign culture , and requirement of ideology.

Key words: Japanese film; *The Chase*; viewing psychology; cultural impact; delete;

初稿日期：2004 年 3 月 11 日
初稿錄入：饒頤璐
二稿日期：2007 年 11 月 20 日
二稿錄入：張毅
三稿日期：2009 年 12 月 21 日
三稿錄入：轟琦
四稿整合：2009 年 12 月 26 日～2010 年 1 月 1 日
五稿改定：2014 年 8 月 2 日～9 月 9 日
配圖時間：2014 年 8 月 5 日～9 月 9 日
校改修訂：2015 年 3 月 8 日～9 日

日本影片《人證》（上，1979 年譯製）與日本影片《望鄉》（下，1978 年譯製）
的中文電影海報

《摩登時代》（1936）：「看！我可以蒙著眼睛滑」——早期美國電影與中國社會的歷史關聯和人工對接

閱讀指要：

　　從 1950 年到 1977 年的 28 年裏，中國大陸只譯製了 4 部美國電影向民眾公映，但 1978～1979 兩年間，這個數字增長了 4 倍。而這 16 部美國影片中，卓別林編導主演的就佔了 13 部之多。這種情形反映的是當時中國大陸官方意識形態的文化邏輯：包括《摩登時代》在內的卓別林早年作品如此密集地譯製和公映，與其說是要讓觀眾通過這些影片看到美國社會即西方世界的面貌，不如說是再一次從思想和文化層面，亦即從人生觀、世界觀、審美觀上強調和延續中國大陸對西方世界，尤其是美國社會全盤否定的思維和邏輯，進而引導觀眾看清「資本主義社會的醜惡面貌」。但有意思的是，包括《摩登時代》在內的美國電影在與中國大陸觀眾跨時空對接的同時，影片中展示的物質生活又與當時中國大陸社會的現實生活條件形成互文和觀念上的對撞。

關鍵詞：美國電影；中國電影史；卓別林；《摩登時代》；文化影響；刪節/刪除；

專業鏈接 1：《摩登時代》（故事片，黑白，配音），美國，1936 年出品，長春
電影製片廠 1978 年譯製。VCD（雙碟）時長：86 分 29 秒。

〉〉〉 編劇、導演：卓別林。

〉〉〉 主要人物：

> 流浪漢查理（查理・卓別林飾演）、
> 孤女加瑪（保利特・戈達德飾演）。

專業鏈接 2：原片中文片頭片尾字幕（標點符號為錄入者添加）

片頭字幕：

《摩登時代》。

摩登時代是講一個

工業時代的故事

其中講述了個人企業

與人們追求幸福的衝突

片尾字幕：

劇終。〔註 1〕

經典臺詞（譯製片中文版字幕）：

「讓五班速度加快，別耽誤七班。」

「可以馬上用您的工人做個實驗，事實勝於雄辯。」

「好生保重，避免受刺激。」

「你自由了」——「我可不可以再住些日子？我在這裏挺快樂的」。

「你住在哪裏？」——「無家可歸，到處為家」。

「看，我可以蒙著眼睛滑！」

〔註 1〕 《摩登時代》的 VCD 版係當年電影膠片版即公映版的翻拍，但我十幾年前收
集的 VCD 版《卓別林作品全集》，如今已經無法在電腦上讀取，所以正文中
的截圖不能不借助於網絡視頻。雖然畫質不佳甚至模糊，但卻是當年記憶中
的風采。此外，電影公映版 VCD 版儘管是配樂的無聲片，但絕大多數觀眾一
直是把它當成有聲片看的。因為卓別林的有些片子，在中文字幕出現時是可
能有臺詞配音的。檢索到的《摩登時代》其他相關信息如下：
導演、編劇、音樂：卓別林；攝影：羅里・托澤羅、伊拉・摩根；剪輯：威
廉・里・凡維；主要演員：查理・卓別林（飾查理）、保利特・戈達德（飾加
瑪）、斯坦利・斯坦福（飾大比爾）、切斯特・科特林（飾機修工）。譯製職員：
翻譯：潘耀華；錄音：劉興福；配音：陳汝斌；剪輯：王穎。

「我們不是劫匪，飢寒所迫而已」。

「我要給你個驚喜，我找到了一個家」——「簡直是天堂」。

「拿上你的外套，我們罷工了！」

「唱下去，別管歌詞了！」

「再試又會有什麼用？」——「努力，永不言敗，我們能應付一切的！」

……。

以往影片人氣指數：★★★★★

現今觀賞推薦指數：★★★★★

甲、美國電影與中國的前世今生

其實，美國電影與中國的關係才更像夫妻關係——恩恩怨怨，前世冤家，今世姻緣。譬如從1921年到1941年，中國放映市場幾乎是美國片的天然領地；以1933年為例，中國全年的故事片攝製為89部，輸入的美國片就有309部，占輸入421部外國長片的73.4%；1934年，國產片生產數量是84部，輸入的外國長片是407部，而美國片就有345部，占輸入量的84.8%；1942年太平洋戰爭爆發後，美國片雖然喪失了淪陷區的放映市場，但國統區的市場優勢依舊〔註2〕。

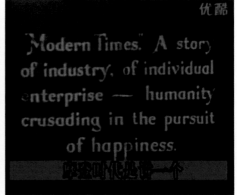

而「從1945年8月抗戰勝利到1949年5月上海解放這不足四年的時間內，單從上海進口的美國影片（包括長、短片在內），即達1896部之多」〔註3〕，

〔註2〕 《中國電影發展史》，程季華主編，第一卷，中國電影出版社1963版，第161頁。

〔註3〕 這個數據來自1950年11月8日上海《文匯報》刊登的報導：「西片發行業堅決擁護停映美國反動影片」，轉引自《中國電影發展史》，第一卷，中國電影出版社1963版，第161頁。

十之八九是美國八大影片公司的影片；其中「米高梅」的有 158 部，「環球」的 153 部，「哥倫比亞」、「華納」、「二十世紀福克斯」的各為 120 部以上〔註4〕；再看 1946 年這一年上海首輪影院的放映情形：國產片只有 13 部，美國片卻有 352 部，其他 15 部、13 部影片分屬英國和蘇聯〔註5〕。

　　1949 年後，美國電影與中國電影市場的「蜜月」戛然而止，其直接原因就是 1950 年 6 月爆發的朝鮮戰爭。處於戰爭狀態中的「中美關係急劇惡化，為新中國清除好萊塢電影提供了一個絕好的契機」，中國大陸政府隨後頒佈的「《電影業登記暫行辦法》、《電影新片頒發上映執照暫行辦法》、《電影舊片清理暫行辦法》、《國產影片輸出暫行辦法》、《國外影片輸入暫行辦法》等 5 項行政規章，其出發點和指導思想就是要削弱好萊塢在中國電影市場的支配地位，進而徹底清除好萊塢電影的影響」〔註6〕。

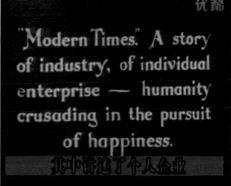

　　雖然朝鮮戰爭到 1953 年就宣告停止，但這種定向封殺效果在當時立竿見影，此後便固化為長效機制。譬如從 1950 年到 1970 年的 20 年間，中國大陸只譯製公映了 1 部美國電影（1958 年）；從 1971 年到 1976 年，也只譯製公映了 3 部。換言之，在 1977 年之前的 28 年裏，大陸民眾只看到了區區 4 部美國電影。但是，從 1978 年開始到 1989 年，這個數字變成了 60 部左右，從 1990 年到 2012 年，則又在此基礎上增加了大約 250 多部。這個巨大的變化當然是

〔註4〕《中國電影發展史》，程季華主編，第一卷，中國電影出版社 1963 版，第 161 頁。

〔註5〕《中國電影發展史》，程季華主編，第一卷，中國電影出版社 1963 版，第 162 頁。

〔註6〕饒曙光、邵奇：《新中國電影的第一個運動：清除好萊塢電影》，《當代電影》2006 年第 5 期，第 121 頁。

中美關係得以修復和大陸社會發生變化的結果與標誌之一，但從 1978～1979 的時間點值得注意——兩年間譯製公映了 16 部美國電影，這個數字是前 30 年的 4 倍〔註7〕。

〔註 7〕 從 1949 年到 2014 年，大陸一共譯製公映了 420 部美國影片，其具體分佈是：1949～1957 年：0 部，1958 年 1 部，1959～1965 年：0 部，1966～1976 年：20 部，1977～1989 年：62 部，1990～2012 年：257 部，2013 年：39 部；（2014 年：41 部）。需要説明的是，子、以上絕大多數影片是由上海電影譯製廠譯製出品的，而且，所有時間段的統計數字，均不包括「内參片」；丑、隨著大陸互聯網的出現和迅猛發展，2000 年以後的統計數字實際上已經沒有意義：億萬觀眾已經習慣於從網上獲取和觀看影片，近十幾年來，除了少數所謂大製作的美國大片外，在影院公映的譯製片的觀眾數量與網上觀眾的數量根本不在一個層級上；換言之，譯製片的影響力已經是明日黃花，更多的觀眾，（包括中年以上年紀的觀眾），尤其是 80 後、90 後的青年一代，更願意觀看和欣賞帶中文字幕的原聲影片。所謂譯製片，也只有那個封閉的年代才有存在的可能、價值和意義。

1949 年到 2013 年，大陸譯製公映的 379 部美國影片具體信息如下：
 1、《社會中堅》，1954 年出品，上海電影譯製廠 1960 年譯製；
 2、《等到天黑》（又名《盲女驚魂記》），1967 年出品，上海電影譯製廠譯製，具體譯製時間不詳；
 3、《紅衣主教》，1963 年出品，上海電影譯製廠，具體譯製時間不詳；
 4、《舞宮鶯燕》，1947 年出品，上海電影譯製廠 1970 年譯製；
 5、《巴頓將軍》，1970 年出品，八一電影製片廠 1971 年譯製；
 6、《虎！虎！虎》（與日本合拍），1970 年出品，上海電影譯製廠 1972 年譯製；
 7、《切·格瓦拉》，1969 年出品，上海電影譯製廠 1972 年譯製；
 8、《紐約奇談》，1969 年出品，長春電影製片廠 1975 年譯製；
 9、《巫山雲》，1948 年出品，上海電影譯製廠 1975 年譯製；
 10、《春閨淚痕》，1946 年出品，上海電影譯製廠 1975 年譯製；
 11、《鴿子號》，1974 年出品，上海電影譯製廠 1975 年譯製；
 12、《瓊宮恨史》，1933 年出品，上海電影譯製廠 1975 年譯製；
 13、《美人計》，1946 年出品，上海電影譯製廠 1975 年譯製；
 14、《鴛夢重溫》，1942 年出品，上海電影譯製廠 1975 年譯製；
 15、《空谷芳草》，1945 年出品，上海電影譯製廠 1975 年譯製；
 16、《美鳳奪鸞》，1941 年出品，上海電影譯製廠 1976 年譯製；
 17、《音樂之聲》，1965 年出品，上海電影譯製廠 1976 年譯製；
 18、《魂斷藍橋》，1940 年出品，上海電影譯製廠 1976 年譯製；
 19、《蛇》，1973 年出品，上海電影譯製廠 1976 年譯製；
 20、《朱莉亞》，1977 年出品，上海電影譯製廠 1977 年譯製；
 21、《刑警隊》，1931 年出品，上海電影譯製廠 1977 年譯製；
 22、《未來世界》，1976 年出品，上海電影譯製廠 1977 年譯製；
 23、《猜猜誰來吃晚餐》，1967 年出品，上海電影譯製廠 1978 年譯製；

24、《摩登時代》，1936 年出品，長春電影製片廠 1978 年譯製；
25、《漢密爾頓夫人》，1941 年出品，上海電影譯製廠 1978 年譯製；
26、《車隊》，1978 年出品，上海電影譯製廠 1979 年譯製；
27、《快樂的一天》，1919 年出品，長春電影製片廠 1979 年譯製；
28、《尋子遇仙記》，1921 年出品，長春電影製片廠 1979 年譯製；
29、《有閒階級》，1921 年出品，長春電影製片廠 1979 年譯製；
30、《淘金記》，1925 年出品，上海電影譯製廠 1979 年譯製；
31、《蝙蝠》，1926 年出品，上海電影譯製廠 1979 年譯製；
32、《馬戲團》，1928 年出品，上海電影譯製廠 1979 年譯製；
33、《城市之光》，1931 年出品，上海電影譯製廠 1979 年譯製；
34、《蝴蝶夢》，1940 年出品，長春電影製片廠 1979 年譯製；
35、《大獨裁者》，1940 年出品，上海電影譯製廠 1979 年譯製；
36、《凡爾杜先生》，1947 年出品，上海電影譯製廠 1979 年譯製；
37、《舞臺生涯》，1952 年出品，長春電影製片廠 1979 年譯製；
38、《一個國王在紐約》，1957 年出品，長春電影製片廠 1979 年譯製；
39、《田園詩》，1919 年出品，長春電影製片廠 1979 年譯製；
40、《紳士流浪漢》，1976 年出品，長春電影製片廠 1979 年譯製；
41、《卡桑德拉大橋》，1976 年出品，上海電影譯製廠 1980 年譯製；
42、《摩羯星一號》，1978 年出品，長春電影製片廠 1980 年譯製；
43、《湯姆叔叔的小屋》，1965 年出品，上海電影譯製廠 1982 年譯製；
44、《冰峰搶險隊》，1980 年出品，上海電影譯製廠 1982 年譯製；
45、《陽光下的罪惡》，1982 年出品，上海電影譯製廠 1982 年譯製；
46、《愛德華大夫》，1945 年出品，上海電影譯製廠 1983 年譯製；
47、《第三個人》，1949 年出品，上海電影譯製廠 1983 年譯製；
48、《挪威之歌》，1970 年出品，上海電影譯製廠 1983 年譯製；
49、《雪地英雄》，出品年不詳，上海電影譯製廠 1983 年譯製；
50、《逃往雅典娜》，1979 年出品，上海電影譯製廠 1984 年譯製；
51、《哈里之戰》，1981 年出品，長春電影製片廠 1984 年譯製；
52、《游俠傳奇》，1981 年出品，上海電影譯製廠 1984 年譯製；
53、《勝利大逃亡》，1981 年出品，上海電影譯製廠 1984 年譯製；
54、《非法越鏡者》，出品年不詳，上海電影譯製廠 1984 年譯製；
55、《創奇者》，1979 年出品，上海電影譯製廠 1985 年譯製；
56、《槍手哈特》，1981 年出品，上海電影譯製廠 1985 年譯製；
57、《弗蘭西斯》，1982 年出品，長春電影製片廠 1985 年譯製；
58、《第一滴血》，1982 年出品，上海電影譯製廠 1985 年譯製；
59、《勇士的心願》，出品年不詳，上海電影譯製廠 1985 年譯製；
60、《逃往典亞娜》，出品年不詳，上海電影譯製廠 1985 年譯製；
61、《波托馬克河上悲劇》，1984 年出品，長春電影製片廠 1986 年譯製；
62、《羅馬假日》，1953 年出品，長春電影製片廠 1987 年譯製；
63、《地震》，1974 年出品，上海電影譯製廠 1987 年譯製；
64、《劫後良緣》，出品年不詳，長春電影製片廠 1987 年譯製；
65、《父母雙全的孤女》，出品年不詳，長春電影製片廠 1987 年譯製；

66、《國王的光榮》，出品年不詳，上海電影譯製廠 1987 年譯製；

67、《霹靂舞》，1984 年出品，上海電影譯製廠 1987 年譯製；

68、《戰地情》，1931 年出品，北京電影製片廠 1988 年譯製；

69、《相見時難》，1962 年出品，長春電影製片廠 1988 年譯製；

70、《故鄉行》，出品年不詳，上海電影譯製廠 1988 年譯製；

71、《神射手》，出品年不詳，上海電影譯製廠 1988 年譯製；

72、《出水芙蓉》，1944 年出品，上海電影譯製廠 1989 年譯製；

73、《諜影疑雲》，1959 年出品，上海電影譯製廠 1989 年譯製；

74、《相見時難》，1962 年出品，上海電影譯製廠 1989 年譯製；

75、《血洗樂園》，1973 年出品，長春電影製片廠 1989 年譯製；

76、《長空險航》，1986 年出品，北京電影製片廠 1989 年譯製；

77、《截擊偷天人》，1986 年出品，北京電影製片廠 1989 年譯製；

78、《無處藏身》，1987 年出品，北京電影製片廠 1989 年譯製；

79、《光榮》，1989 年出品，八一電影製片廠 1989 年譯製；

80、《電影悲歡曲》，出品年不詳，上海電影譯製廠 1989 年譯製；

81、《太空險航》，出品年不詳，北京電影製片廠 1989 年譯製；

82、《瘋狂決鬥》，1971 年出品，長春電影製片廠 1990 年譯製；

83、《電視風雲》，1976 年出品，長春電影製片廠 1990 年譯製；

84、《昏迷》，1978 年出品，上海電影譯製廠 1990 年譯製；

85、《福爾摩斯外傳》，1985 年出品，上海電影譯製廠 1990 年譯製；

86、《截擊偷天人》，1986 年出品，北京電影製片廠 1990 年譯製；

87、《無處藏身》，1987 年出品，上海電影譯製廠 1990 年譯製；

88、《天使在人間》，1987 年出品，北京電影製片廠 1990 年譯製；

89、《天堂竊情》，1989 年出品，北京電影製片廠 1990 年譯製；

90、《夢境》，1989 年出品，北京電影製片廠 1990 年譯製；

91、《魔窟尋諜》，出品年不詳，長春電影製片廠 1990 年譯製；

92、《浪峰上的愛》，出品年，北京電影製片廠 1990 年譯製；

93、《間諜505》，出品年不詳，上海電影譯製廠 1990 年譯製；

94、《傻妹闖七關》，1978 年出品，長春電影製片廠 1991 年譯製；

95、《紅衣女郎》，1984 年出品，北京電影製片廠 1991 年譯製；

96、《美女神燈》，1990 年出品，上海電影譯製廠 1991 年譯製；

97、《沉默的羔羊》，1991 年出品，八一電影製片廠 1991 年譯製；

98、《新任司法長官》，出品年不詳，長春電影製片廠 1991 年譯製；

99、《走投無路》，1959 年出品，北京電影製片廠 1992 年譯製；

100、《暗裏藏刀》，1984 年出品，上海電影譯製廠 1992 年譯製；

101、《落水姻緣》，1988 年出品，長春電影製片廠 1992 年譯製；

102、《千里追殺》，1990 年出品，長春電影製片廠 1992 年譯製；

103、《猛警惡匪》，1990 年出品，北京電影製片廠 1992 年譯製；

104、《死裏逃生》，1952 年出品，上海電影譯製廠 1993 年譯製；

105、《特赦 48 小時》，1982 年出品，長春電影製片廠 1993 年譯製；

106、《午夜狂奔》，1988 年出品，長春電影製片廠 1993 年譯製；

107、《弄巧成拙》，1992 年出品，上海電影譯製廠 1993 年譯製；

108、《罪惡檔案》，出品年不詳，長春電影製片廠 1993 年譯製；

109、《嗜金如命》，1949 年出品，上海電影譯製廠 1994 年譯製；

110、《假日少女情》，1977 年出品，長春電影製片廠 1994 年譯製；

111、《繼父》，1987 年出品，長春電影製片廠 1994 年譯製；

112、《拙妻不可欺》，1989 年出品，長春電影製片廠 1994 年譯製；

113、《賭城奇案》，1992 年出品，上海電影譯製廠 1994 年譯製；

114、《亡命天涯》，1993 年出品，上海電影譯製廠 1994 年譯製；

115、《破碎的形象》，1994 年出品，上海電影譯製廠 1994 年譯製；

116、《獸中之王》，出品年不詳，長春電影製片廠 1994 年譯製；

117、《狼的影子》，出品年不詳，長春電影製片廠 1994 年譯製；

118、《拳壇雄風》，出品年不詳，長春電影製片廠 1994 年譯製；

119、《紐約之戀》，1929 年出品，長春電影製片廠 1995 年譯製；

120、《無聲的恐懼》，1984 年出品，長春電影製片廠 1995 年譯製；

121、《傻瓜也瘋狂》，1987 年出品，上海電影譯製廠 1995 年譯製；

122、《黑雨》，1989 年出品，上海電影譯製廠 1995 年譯製；

123、《生死搭檔》，1991 年出品，上海電影譯製廠 1995 年譯製；

124、《神探飛機頭》，1994 年出品，長春電影製片廠 1995 年譯製；

125、《真實的謊言》，1994 年出品，上海電影譯製廠 1995 年譯製；

126、《生死時速》，1994 年出品，上海電影譯製廠 1995 年譯製；

127、《森林之王》，1994 年出品，上海電影譯製廠 1995 年譯製；

128、《絕地戰警》，1995 年出品，上海電影譯製廠 1995 年譯製；

129、《紐約大劫案》，1995 年出品，上海電影譯製廠 1995 年譯製；

130、《恐怖地帶》，1995 年出品，上海電影譯製廠 1995 年譯製；

131、《法外有法》，出品年不詳，長春電影製片廠 1995 年譯製；

132、《女人的吶喊》，出品年不詳，上海電影譯製廠 1995 年譯製；

133、《聖誕前夜》，1941 年出品，上海電影譯製廠 1996 年譯製；

134、《生死兩兄弟》，1988 年出品，上海電影譯製廠 1996 年譯製；

135、《我又十八》，1988 年出品，上海電影譯製廠 1996 年譯製；

136、《幕後裁決》，1994 年出品，上海電影譯製廠 1996 年譯製；

137、《雲中漫步》，1995 年出品，上海電影譯製廠 1996 年譯製；

138、《廊橋遺夢》，1995 年出品，上海電影譯製廠 1996 年譯製；

139、《勇闖奪命島》，1996 年出品，上海電影譯製廠 1996 年譯製；

140、《碟中諜》，1996 年出品，上海電影譯製廠 1996 年譯製；

141、《空中劫難》，1996 年出品，上海電影譯製廠 1996 年譯製；

142、《翠堤春曉》，1938 年出品，八一電影製片廠 1997 年譯製；

143、《心有靈犀》，1951 年出品，上海電影譯製廠 1997 年譯製；

144、《好事成雙》，1995 年出品，上海電影譯製廠 1997 年譯製；

145、《生死豪情》，1996 年出品，上海電影譯製廠 1997 年譯製；

146、《怒海驕陽》，1996 年出品，上海電影譯製廠 1997 年譯製；

147、《山崩地裂》，1997 年出品，上海電影譯製廠 1997 年譯製；

148、《失落的世界（侏羅紀公園）》，1997 年出品，上海電影譯製廠 1997 年譯製；

149、《插翅難飛》，1997 年出品，上海電影譯製廠 1997 年譯製；

150、《海上驚情——生死時速續集》，1997 年出品，上海電影譯製廠 1997 年譯製；

151、《特工狂花》，1997 年出品，上海電影譯製廠 1997 年譯製；

152、《深海喋血》，1997 年出品，上海電影譯製廠 1997 年譯製；

153、《死亡獵手》，1997 年出品，上海電影譯製廠 1997 年譯製；

154、《神秘的背影》，1988 年出品，上海電影譯製廠 1998 年譯製；

155、《特警判官》，1995 年出品，上海電影譯製廠 1998 年譯製；

156、《十萬火急》，1996 年出品，上海電影譯製廠 1998 年譯製；

157、《愛情與戰爭》，1996 年出品，上海電影譯製廠 1998 年譯製；

158、《泰坦尼克號》，1997 年出品，北京電影製片廠 1998 年譯製；

159、《星際追殺》，1997 年出品，上海電影譯製廠 1998 年譯製；

160、《地火危城》，1997 年出品，上海電影譯製廠 1998 年譯製；

161、《絕路烽火》，1997 年出品，上海電影譯製廠 1998 年譯製；

162、《小鬼當家 3》，1997 年出品，上海電影譯製廠 1998 年譯製；

163、《一號通緝令》，1997 年出品，上海電影譯製廠 1998 年譯製；

164、《安娜‧卡列尼娜》，1997 年出品，上海電影譯製廠 1998 年譯製；

165、《拯救大兵瑞恩》，1998 年出品，八一電影製片廠 1998 年譯製；

166、《天地大衝撞》，1998 年出品，上海電影譯製廠 1998 年譯製；

167、《尖峰時刻》，1998 年出品，上海電影譯製廠 1998 年譯製；

168、《致命保鏢》，1989 年出品，上海電影譯製廠 1999 年譯製；

169、《再續前緣》，1992 年出品，上海電影譯製廠 1999 年譯製；

170、《廊橋遺夢》，1995 年出品，上海電影譯製廠 1999 年譯製；

171、《再見，美國》，1997 年出品，上海電影譯製廠 1999 年譯製；

172、《地下搖滾》，1997 年出品，上海電影譯製廠 1999 年譯製；

173、《婚禮歌手》，1998 年出品，上海電影譯製廠 1999 年譯製；

174、《罪犯是誰》，1998 年出品，上海電影譯製廠 1999 年譯製；

175、《國家的敵人》，1998 年出品，上海電影譯製廠 1999 年譯製；

176、《物極必反》，1998 年出品，上海電影譯製廠 1999 年譯製；

177、《西點揭秘》，1999 年出品，八一電影製片廠 1999 年譯製；

178、《心心戀曲》，1999 年出品，上海電影譯製廠 1999 年譯製；

170、《天理難容》，1999 年出品，上海電影譯製廠 1999 年譯製；

180、《烏鴉謀殺案》，1999 年出品，上海電影譯製廠 1999 年譯製；

181、《黑客帝國》，1999 年出品，上海電影譯製廠 1999 年譯製；

182、《驚天行動》，1985 年出品，上海電影譯製廠 2000 年譯製；

183、《西點揭秘》，1999 年出品，上海電影譯製廠 2000 年譯製；

184、《精靈鼠小弟》，1999 年出品，上海電影譯製廠 2000 年譯製；

185、《雙重陰謀》，1999 年出品，上海電影譯製廠 2000 年譯製；

186、《暗藏殺機》，1999 年出品，上海電影譯製廠 2000 年譯製；

187、《狂飆戰警》，1999 年出品，上海電影譯製廠 2000 年譯製；

188、《第六感女神》，1999 年出品，上海電影譯製廠 2000 年譯製；

189、《超時空戀愛》，1999 年出品，上海電影譯製廠 2000 年譯製；

190、《單身漢》，1999 年出品，上海電影譯製廠 2000 年譯製；

191、《總有驕陽》，1999 年出品，上海電影譯製廠 2000 年譯製；

192、《弦動我心》，1999 年出品，上海電影譯製廠 2000 年譯製；

193、《獵殺 U-571》，2000 年出品，八一電影製片廠 2000 年譯製；

194、《角鬥士》，2000 年出品，上海電影譯製廠 2000 年譯製；

195、《碟中諜 2》，2000 年出品，上海電影譯製廠 2000 年譯製；

196、《完美風暴》，2000 年出品，上海電影譯製廠 2000 年譯製；

197、《超級媽媽》，2000 年出品，上海電影譯製廠 2000 年譯製；

198、《霹靂天使》，2000 年出品，上海電影譯製廠 2000 年譯製；

199、《小雞快跑》，2000 年出品，上海電影譯製廠 2000 年譯製；

200、《我最好朋友的婚禮》，1997 年出品，上海電影譯製廠 2001 年譯製；

201、《拜見岳父母大人》，2000 年出品，上海電影譯製廠 2001 年譯製；

202、《浩劫驚魂》，2000 年出品，上海電影譯製廠 2001 年譯製；

203、《垂直極限》，2000 年出品，上海電影譯製廠 2001 年譯製；

204、《致命追蹤》，2000 年出品，上海電影譯製廠 2001 年譯製；

205、《生命的證據》，2000 年出品，上海電影譯製廠 2001 年譯製；

206、《珍珠港》，2001 年出品，八一電影製片廠 2001 年譯製；

207、《指環王：護戒使者》，2001 年出品，八一電影製片廠 2001 年譯製；

208、《公主日記》，2001 年出品，八一電影製片廠 2001 年譯製；

209、《劍魚行動》，2001 年出品，上海電影譯製廠 2001 年譯製；

210、《木乃伊歸來》，2001 年出品，上海電影譯製廠 2001 年譯製；

211、《古墓麗影》，2001 年出品，上海電影譯製廠 2001 年譯製；

212、《侏羅紀公園 III》，2001 年出品，上海電影譯製廠 2001 年譯製；

213、《哈利·波特與魔法石》，2001 年出品，上海電影譯製廠 2001 年譯製；

214、《決戰猩球》，2001 年出品，上海電影譯製廠 2001 年譯製；

215、《怪物史瑞克》，2001 年出品，上海電影譯製廠 2001 年譯製；

216、《外星人》，1982 年出品，上海電影譯製廠 2002 年譯製；

217、《緣分天注定》，2001 年出品，上海電影譯製廠 2002 年譯製；

218、《最後的證人》，2001 年出品，上海電影譯製廠 2002 年譯製；

219、《隔世情緣》，2001 年出品，上海電影譯製廠 2002 年譯製；

220、《指環王：雙塔奇兵》，2002 年出品，八一電影製片廠 2002 年譯製；

221、《星球大戰前傳：克隆人的進攻》，2002 年出品，八一電影製片廠 2002 年譯製；

222、《蜘蛛俠》，2002 年出品，上海電影譯製廠 2002 年譯製；

223、《精靈鼠小弟 2》，2002 年出品，上海電影譯製廠 2002 年譯製；

224、《風語戰士》，2002 年出品，上海電影譯製廠 2002 年譯製；

225、《臨時特工》，2002 年出品，上海電影譯製廠 2002 年譯製；

226、《神奇的燕尾服》，2002 年出品，上海電影譯製廠 2002 年譯製；

227、《情歸阿拉巴馬》，2002 年出品，上海電影譯製廠 2002 年譯製；

228、《哈利·波特與密室》，2002 年出品，上海電影譯製廠 2002 年譯製；

229、《城市別動隊》，1998 年出品，上海電影譯製廠 2003 年譯製；

230、《展翅高飛》，2000 年出品，上海電影譯製廠 2003 年譯製；

231、《曼哈頓灰姑娘》，2002 年出品，上海電影譯製廠 2003 年譯製；
232、《我知道你是誰》，2002 年出品，上海電影譯製廠 2003 年譯製；
233、《我的盛大希臘婚禮》，2002 年出品，上海電影譯製廠 2003 年譯製；
234、《指環王：王者無敵》，2003 年出品，八一電影製片廠 2003 年譯製；
235、《地心搶險記》，2003 年出品，上海電影譯製廠 2003 年譯製；
236、《霹靂天使 2》，2003 年出品，上海電影譯製廠 2003 年譯製；
237、《Ｘ戰警 2》，2003 年出品，上海電影譯製廠 2003 年譯製；
238、《偷天換日》，2003 年出品，上海電影譯製廠 2003 年譯製；
239、《反恐特警組》，2003 年出品，上海電影譯製廠 2003 年譯製；
240、《叢林奇兵》，2003 年出品，上海電影譯製廠 2003 年譯製；
241、《阿波羅十三號》，1995 年出品，上海電影譯製廠 2004 年譯製；
242、《蒙娜麗莎的微笑》，2003 年出品，上海電影譯製廠 2004 年譯製；
243、《記憶裂痕》，2003 年出品，上海電影譯製廠 2004 年譯製；
244、《冷山》，2003 年出品，上海電影譯製廠 2004 年譯製；
245、《初戀 50 次》，2004 年出品，上海電影譯製廠 2004 年譯製；
246、《後天》，2004 年出品，上海電影譯製廠 2004 年譯製；
247、《怪物史萊克 2》，2004 年出品，上海電影譯製廠 2004 年譯製；
248、《蜘蛛俠 2》，2004 年出品，上海電影譯製廠 2004 年譯製；
249、《哈利波特與阿茲卡班囚徒》，2004 年出品，上海電影譯製廠 2004 年譯製；
250、《加菲貓》，2004 年出品，上海電影譯製廠 2004 年譯製；
251、《我，機器人》，2004 年出品，上海電影譯製廠 2004 年譯製；
252、《極地特快》，2004 年出品，上海電影譯製廠 2004 年譯製
253、《漫步月球》，1988 年出品，上海電影譯製廠 2005 年譯製；
254、《狂蟒之災 2：搜尋血蘭法國間諜》，2004 年出品，上海電影譯製廠 2005 年譯製；
255、《的士颶花》，2004 年出品，上海電影譯製廠 2005 年譯製；
256、《納尼亞傳奇》，2005 年出品，八一電影製片廠 2005 年譯製；
257、《翻譯風波》，2005 年出品，上海電影譯製廠 2005 年譯製；
258、《蝙蝠俠：俠影之謎》，2005 年出品，上海電影譯製廠 2005 年譯製；
259、《史密斯行動》，2005 年出品，上海電影譯製廠 2005 年譯製；
260、《絕密飛行》，2005 年出品，上海電影譯製廠 2005 年譯製；
261、《哈利·波特與火焰杯》，2005 年出品，上海電影譯製廠 2005 年譯製；
262、《空中決戰》，2005 年出品，上海電影譯製廠 2006 年譯製；
263、《邁阿密風雲》，2005 年出品，上海電影譯製廠 2006 年譯製；
264、《南極大冒險》，2006 年出品，上海電影譯製廠 2006 年譯製；
265、《達·芬奇密碼》，2006 年出品，上海電影譯製廠 2006 年譯製；
266、《冰川世紀 2》，2006 年出品，上海電影譯製廠 2006 年譯製；
267、《碟中諜 3》，2006 年出品，上海電影譯製廠 2006 年譯製；
268、《加菲貓 2》，2006 年出品，上海電影譯製廠 2006 年譯製；
269、《Ｘ戰警 3》，2006 年出品，上海電影譯製廠 2006 年譯製；
270、《世貿中心》，2006 年出品，上海電影譯製廠 2006 年譯製；

271、《驚濤大冒險》，2006 年出品，上海電影譯製廠 2007 年譯製；
272、《穿普拉達的女王》，2006 年出品，上海電影譯製廠 2007 年譯製；
273、《博物館奇妙夜》，2006 年出品，上海電影譯製廠 2007 年譯製；
274、《龍騎士》，2006 年出品，上海電影譯製廠 2007 年譯製；
275、《勇闖 16 街區》，2007 年出品，上海電影譯製廠 2007 年譯製；
276、《蜘蛛俠 3》，2007 年出品，上海電影譯製廠 2007 年譯製；
277、《忍者神龜》，2007 年出品，上海電影譯製廠 2007 年譯製；
278、《靈魂戰車》，2007 年出品，上海電影譯製廠 2007 年譯製；
279、《獅口驚魂》，2007 年出品，上海電影譯製廠 2007 年譯製；
280、《哈利·波特與鳳凰社》，2007 年出品，上海電影譯製廠 2007 年譯製；
281、《美味情緣》，2007 年出品，上海電影譯製廠 2007 年譯製；
282、《虎膽龍威 4、0》，2007 年出品，上海電影譯製廠 2007 年譯製；
283、《盜走達·芬奇》，2004 年出品，上海電影譯製廠 2008 年譯製；
284、《預見未來》，2007 年出品，上海電影譯製廠 2008 年譯製；
285、《史前一萬年》，2008 年出品，上海電影譯製廠 2008 年譯製；
286、《淘金俏冤家》，2008 年出品，上海電影譯製廠 2008 年譯製；
287、《功夫熊貓》，2008 年出品，上海電影譯製廠 2008 年譯製；
288、《全民超人漢考克》，2008 年出品，上海電影譯製廠 2008 年譯製；
289、《極速賽車手》，2008 年出品，上海電影譯製廠 2008 年譯製；
290、《地心歷險記》，2008 年出品，上海電影譯製廠 2008 年譯製；
291、《生死新紀元》，2008 年出品，上海電影譯製廠 2008 年譯製；
292、《暮光之城》，2008 年出品，上海電影譯製廠 2009 年譯製；
293、《阿凡達》，2009 年出品，北京電影製片廠 2009 年譯製；
294、《大戰外星人》，2009 年出品，上海電影譯製廠 2009 年譯製；
295、《X 戰警前傳:金剛狼》，2009 年出品，上海電影譯製廠 2009 年譯製；
296、《博物館奇妙夜 2》，2009 年出品，上海電影譯製廠 2009 年譯製；
297、《冰川時代 3》，2009 年出品，上海電影譯製廠 2009 年譯製；
298、《哈利·波特與混血王子》，2009 年出品，上海電影譯製廠 2009 年譯製；
299、《飛屋環遊記》，2009 年出品，上海電影譯製廠 2009 年譯製；
300、《豚鼠特工隊》，2009 年出品，上海電影譯製廠 2009 年譯製；
301、《國家要案》，2009 年出品，上海電影譯製廠 2009 年譯製；
302、《神秘代碼》，2009 年出品，上海電影譯製廠 2009 年譯製；
303、《第九區》，2009 年出品，上海電影譯製廠 2009 年譯製；
304、《塔拉星球之戰》，2007 年出品，上海電影譯製廠 2010 年譯製；
305、《鄰家特工鼠來寶:明星俱樂部》，2009 年出品，上海電影譯製廠 2010 年
　　譯製；
306、《亞瑟和他的迷你王國 2》，2009 年出品，上海電影譯製廠 2010 年譯製；
307、《大偵探福爾摩斯》，2009 年出品，上海電影譯製廠 2010 年譯製；
308、《激戰運鈔車》，2009 年出品，上海電影譯製廠 2010 年譯製；
309、《諸神之戰》，2010 年出品，上海電影譯製廠 2010 年譯製；
310、《波斯王子：時之刃》，2010 年出品，上海電影譯製廠 2010 年譯製；
311、《玩具總動員 3》，2010 年出品，上海電影譯製廠 2010 年譯製；

312、《敢死隊》，2010 年出品，上海電影譯製廠 2010 年譯製；

313、《怪物史萊克 4》，2010 年出品，上海電影譯製廠 2010 年譯製；

314、《盜夢空間》，2010 年出品，上海電影譯製廠 2010 年譯製；

315、《華爾街：金錢永不眠》，2010 年出品，上海電影譯製廠 2010 年譯製；

316、《哈利‧波特與死亡聖器（上）》，2010 年出品，上海電影譯製廠 2010 年譯製；

317、《貓頭鷹王國：守衛者傳奇》，2010 年出品，上海電影譯製廠 2010 年譯製；

318、《致命伴侶》，2010 年出品，上海電影譯製廠 2011 年譯製；

319、《赤焰戰場》，2010 年出品，上海電影譯製廠 2011 年譯製；

320、《青蜂俠》，2011 年出品，上海電影譯製廠 2011 年譯製；

321、《洛杉磯之戰》，2011 年出品，上海電影譯製廠 2011 年譯製；

322、《里約大冒險》，2011 年出品，上海電影譯製廠 2011 年譯製；

323、《雷神》，2011 年出品，上海電影譯製廠 2011 年譯製；

324、《功夫熊貓 2》，2011 年出品，上海電影譯製廠 2011 年譯製；

325、《哈利‧波特與死亡聖器（下）》，2011 年出品，上海電影譯製廠 2011 年譯製；

326、《女巫季節》，2011 年出品，上海電影譯製廠 2011 年譯製；

327、《美國隊長》，2011 年出品，上海電影譯製廠 2011 年譯製；

328、《奪命深淵》，2011 年出品，上海電影譯製廠 2011 年譯製；

329、《綠燈俠》，2011 年出品，上海電影譯製廠 2011 年譯製；

330、《猩球崛起》，2011 年出品，上海電影譯製廠 2011 年譯製；

331、《不明身份》，2011 年出品，上海電影譯製廠 2011 年譯製；

332、《鐵甲鋼拳》，2011 年出品，上海電影譯製廠 2011 年譯製；

333、《丁丁歷險記》，2011 年出品，上海電影譯製廠 2011 年譯製；

334、《林肯律師》，2011 年出品，上海電影譯製廠 2011 年譯製；

335、《國王的演講》，2010 年出品，上海電影譯製廠 2012 年譯製；

336、《大偵探福爾摩斯 2：詭影遊戲》，2011 年出品，上海電影譯製廠 2012 年譯製；

337、《碟中諜 4》，2011 年出品，上海電影譯製廠 2012 年譯製；

338、《地心歷險記 2：神秘島》，2011 年出品，上海電影譯製廠 2012 年譯製；

339、《雲圖》，2012 年出品，八一電影製片廠 2013 年譯製；

340、《霍比特人：意外之旅》，美國、新西蘭 2012 年出品，八一電影製片廠 2013 年譯製；

341、《生化危機 5：懲罰》，美國、加拿大、德國 2012 年出品，八一電影製片廠 2013 年譯製；

342、《環太平洋》，2013 年出品，八一電影製片廠 2013 年譯製；

343、《特種部隊：全面反擊》，2013 年出品，中國電影股份有限公司譯製中心 2013 年譯製；

344、《鋼鐵俠 3》，美國、中國大陸 2013 年出品，中國電影股份有限公司譯製中心 2013 年譯製；

345、《超人：剛鐵之軀》，美國、加拿大、英國 2013 年出品，中國電影股份有限公司譯製中心 2013 年譯製；

346、《007：大破天幕殺機》，美國、英國 2012 年出品，中國電影股份有限公司譯製中心 2013 年譯製；

347、《魔境仙蹤》，2013 年出品，中國電影股份有限公司譯製中心 2013 年譯製；

348、《遺落戰境》，2013 年出品，長春電影製片廠譯製片分廠 2013 年譯製；

349、《星際迷航：暗黑無界》，2013 年出品，長春電影製片廠譯製片分廠 2013 年譯製；

350、《赤警威龍》，2012 年出品，長春電影製片廠譯製片分廠 2013 年譯製；

351、《藍精靈 2》，2013 年出品，長春電影製片廠譯製片分廠 2013 年譯製；

352、《精靈旅社》，2012 年出品，長春電影製片廠譯製片分廠 2013 年譯製；

353、《驚天魔盜團》，美國、法國 2013 年出品，長春電影製片廠譯製片分廠 2013 年譯製；

354、《森林戰士》，2013 年出品，長春電影製片廠譯製片分廠 2013 年譯製；

355、《神偷奶爸 2》，2013 年出品，長春電影製片廠譯製片分廠 2013 年譯製；

356、《別惹我》，美國、法國 2013 年出品，長春電影製片廠譯製片分廠 2013 年譯製；

357、《俠探傑克》，2012 年出品，長春電影製片廠譯製片分廠 2013 年譯製；

358、《劫案迷雲》，2012 年出品，上海電影譯製片廠 2013 年譯製；

359、《新特警判官（3D)》，美國、英國、印度、南非 2012 年出品，上海電影譯製片廠 2013 年譯製；

360、《虎膽龍威 5》，2013 年出品，上海電影譯製片廠 2013 年譯製；

361、《巨人捕手傑克（3D)》，2013 年出品，上海電影譯製片廠 2013 年譯製；

362、《被解救的姜戈》，2012 年出品，上海電影譯製片廠 2013 年譯製；

363、《瘋狂原始人（3D)》，2013 年出品，上海電影譯製片廠 2013 年譯製；

364、《重返地球》，2013 年出品，上海電影譯製片廠 2013 年譯製；

365、《驚天危機》，2013 年出品，上海電影譯製片廠 2013 年譯製；

366、《了不起的蓋茨比》，美國、澳大利亞 2013 年出品，上海電影譯製片廠 2013 年譯製；

367、《極樂空間》，2013 年出品，上海電影譯製片廠 2013 年譯製；

368、《極速蝸牛》，2013 年出品，上海電影譯製片廠 2013 年譯製；

369、《喬布斯傳》，2013 年出品，上海電影譯製片廠 2013 年譯製；

370、《金剛狼 2》，2013 年出品，上海電影譯製片廠 2013 年譯製；

371、《金蟬脫殼》，2013 年出品，上海電影譯製片廠 2013 年譯製；

372、《火線反攻》，2012 年出品，上海電影譯製片廠 2013 年譯製；

373、《雷神 2：黑暗世界（3D)》，2013 年出品，上海電影譯製片廠 2013 年譯製；

374、《地心引力》，2013 年出品，上海電影譯製片廠 2013 年譯製；

375、《拯救大明星（3D)》，美國、英國 2013 年出品，上海電影譯製片廠 2013 年譯製；

376、《安德的遊戲》，2013 年出品，上海電影譯製片廠 2013 年譯製；

377、《冰雪奇緣（3D)》，2013 年出品，上海電影譯製片廠 2013 年譯製。

（以上數字統計與信息整理：姜菲）

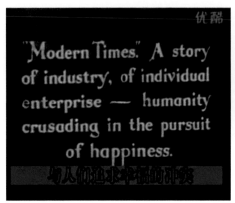

但令人驚奇的是，這 16 部美國電影中，卓別林編導主演的影片竟然佔了 13 部之多；更令人驚奇的是，除了 1 部卓別林的傳記/紀錄片拍攝於 1976 年外，其餘都是 1910～1950 年代出品的老舊影片——也就是說，「打開國門」後，中國大陸民眾看到的美國電影，居然幾乎都是幾十年前的電影，這顯然是中國大陸官方意識形態考量後的結果。因為，以《摩登時代》為代表的卓別林電影如此密集地首次公映，與其說是要讓觀眾通過這些影片看到美國社會即西方世界的面貌，不如說是中國大陸再一次從思想和文化層面，也就是從人生觀、世界觀、審美觀上，強調和延續其對西方世界，尤其是美國社會全盤否定的思維和邏輯，看清「資本主義社會的醜惡面貌」。

乙、1949 年前後美國電影與中國社會的文化關聯

子、1949 年後美國電影在中國大陸的譯製與傳播

從 1950 年到 1976 年，28 年間大陸譯製公映的 4 部美國電影依次是：《社會中堅》（1954 年出品，1960 年譯製）、《巴頓將軍》（1970 年出品，1971 年譯製）、《紐約奇談》（1969 年出品，1975 年譯製）、《蛇》（1973 年出品，1976 年譯製）。上述影片中，《巴頓將軍》一開始是作為「內參片」放映的，公映的時間應該是 1979 年 1 月 1 日，美國與中國大陸正式建立外交關係前後。

但實際上，即使是在雙方關係降至冰點的幾十年裏，美國電影也並沒有真正從中國大陸銷聲匿迹，只不過是以隱形的方式存在和產生影響，這就是所謂「內參片」，即專門為黨政高層譯製、「參考」而不允許民眾觀看、甚至都不允許知道的資本主義國家的電影。換言之，除了知道美國是美帝國主義之外，絕大多數中國大陸普通民眾早就不知道美國電影長什麼樣子了。

據當年的譯製人員透露，1950～1960 年代就有「參考片」，到 1970 年代「文革」後期，更是達到幾十部之多，「其中有江青私人保留的美國上世紀三四十年代的一些文藝片，包括後來公映的《魂斷藍橋》，也有一大批歐美拍攝的最新故事影片」〔註8〕。而據不完全統計，1980 年之前，上海電影譯製廠先後共譯製了至少 20 部以上的美國電影作爲「內參片」，其中一部分是後來公映並取得巨大社會反響的影片，譬如《虎！虎！虎！》(與日本合拍)、《音樂之聲》、《魂斷藍橋》、《未來世界》等〔註9〕。

〔註8〕 孫渝烽：《説説「內參片」那些事兒》，上海《東方早報》2011 年 10 月 26 日，
　　　 轉引自：http://club.kdnet.net/dispbbs.asp?page=1&boardid=1&id=7871085。
〔註9〕 有關「內參片」的不完整信息如下：
　　　 1、《等到天黑》(又名《盲女驚魂記》)，1967 年出品，具體譯製時間不詳；
　　　 2、《紅衣主教》，1963 年出品，具體譯製時間不詳；
　　　 3、《舞宮鶯燕》，1947 年出品，1970 年譯製；
　　　 4、《虎！虎！虎！》，1970 年出品 (與日本合拍)，1972 年譯製；
　　　 5、《切‧格瓦拉》，1969 年出品，1972 年譯製；
　　　 6、《巫山雲》，1948 年出品，1975 年譯製；
　　　 7、《春閨淚痕》，1946 年出品，1975 年譯製；
　　　 8、《鴿子號》，1974 年出品，1975 年譯製；
　　　 9、《瓊宮恨史》，1933 年出品，1975 年譯製；
　　　 10、《美人計》，1946 年出品，1975 年譯製；
　　　 11、《鴛夢重溫》，1942 年出品，1975 年譯製；
　　　 12、《空谷芳草》，1945 年出品，1975 年譯製；
　　　 13、《美鳳奪鸞》，1941 年出品，1976 年譯製；
　　　 14、《音樂之聲》，1965 年出品，1976 年譯製；
　　　 15、《魂斷藍橋》，1940 年出品，1976 年譯製；
　　　 16、《朱莉亞》，1977 年出品，1977 年譯製；
　　　 17、《刑警隊》，1931 年出品，1977 年譯製；

到了 1978 年，隨著美國與大陸關係整體鬆動的趨勢，美國電影突然「回歸」中國大陸社會，僅 1978 年和 1979 年兩年間，就有至少 16 部美國影片向普通民眾公映：《摩登時代》（1936 年出品，1978 年譯製）、《漢密爾頓夫人》（1941 年出品，1978 年譯製）、《快樂的一天》（1919 年出品，1979 年譯製）、《尋子遇仙記》（1921 年出品，1979 年譯製）、《有閒階級》（1921 年出品，1979 年譯製）、《淘金記》（1925 年出品，1979 年譯製）、《蝙蝠》（1926 年出品，1979 年譯製）、《馬戲團》（1928 年出品，1979 年譯製）、《城市之光》（1931 年出品，1979 年譯製）、《蝴蝶夢》（1940 年出品，1979 年譯製）、《大獨裁者》（1940 年出品，1979 年譯製）、《凡爾杜先生》（1947 年出品，1979 年譯製）、《舞臺生涯》（1952 年出品，1979 年譯製）、《一個國王在紐約》（1957 年出品，1979 年譯製）、《田園詩》（1919 年出品，1979 年譯製）、《紳士流浪漢》（1976 年出品，1979 年譯製）。

也許，這份名單還可以再加上《虎！虎！虎！》、《音樂之聲》、《魂斷藍橋》和《未來世界》等幾部前「內參片」，（這些影片不久後就加入公映的片目中）。但無論如何，除了《漢密爾頓夫人》、《蝙蝠》、《蝴蝶夢》這 3 部影片之外，公映的美國電影中，卓別林的影片占絕大多數比例（見黑體字標注的片目），這是不爭的事實。爲什麼？

18、《未來世界》，1976 年出品，1977 年譯製；
19、《猜猜誰來吃晚餐》，1967 年出品，1978 年譯製；
20、《車隊》，1978 年出品，1979 年譯製。

（以上信息收集與整理：姜菲）

丑、1949年前卓別林影片與中國電影市場的歷史淵源

實際上，只要翻看一下歷史記錄，或者，甚至僅僅是稍加思索就會明白，（除了1976年出品的那部傳記片/記錄片），卓別林的這些影片，早在1949年前就已經進入中國並廣為放映。確切地說，這些影片剛一出品就來到中國並為中國觀眾所熟知。譬如，1918年第一次世界大戰結束後，美國電影取代法國片「幾乎獨佔了當時和以後中國的全部銀幕」，其中就有卓別林的電影〔註10〕。

而卓別林的影響之大，大到1922年明星影片公司一開張，拍攝第一部故事短片時，就聘請一個英國僑民扮演卓別林，片名就叫《滑稽大王遊華記》（編劇：鄭正秋，導演：張石川，攝影：郭達亞，主演：李卻‧倍爾、鄭正秋、王獻齋）〔註11〕，虛構卓別林來中國後的種種奇遇的故事〔註12〕。似乎這樣

〔註10〕 《中國電影發展史》，程季華主編，第一卷，中國電影出版社1963版，第12頁。
〔註11〕 《中國電影發展史》，程季華主編，第一卷，中國電影出版社1963版，第529頁。
〔註12〕 《中國電影發展史》，程季華主編，第一卷，中國電影出版社1963版，第58頁。

還不足以表達人們對卓別林的偏愛，「明星」公司投拍的第三部影片《大鬧怪劇場》（編劇：鄭正秋，導演：張石川，攝影：卡爾・葛里高雷，主演：嚴仲英、鄭鷓鴣）〔註 13〕，又再次把卓別林設定為主角〔註 14〕。

這種現象只能說明一個事實：卓別林及其藝術形象不僅在 1920 年代前後就為中國觀眾所熟知，而且擁有廣闊的市場，或曰存在強大的市場需求，否則難以解釋「明星」公司的製片策略——沒有一個資本家會做非理性的賠本生意。

中國電影從一開始走的就是以滑稽、鬧劇、噱頭為主的小市民低俗文化產業路線，因此在 1930 年代以左翼電影為代表的新電影出現之前，中國電影從文化形態上講都屬於舊市民電影〔註 15〕。所以，1930 年代前後，中國電影中最常見的就是這類搞笑的「丑角」形象，最有代表性的，就是 1930 年代的男影星韓蘭根，無論從外形還是表演，都可以視為「中國的卓別林」。譬如聯華影業公司 1937 年出品的《天作之合》（編導：沉浮，攝影：黃紹芬，主演：韓蘭根、劉繼群、白璐、殷秀岑），就被認為是「吸取了卓別林喜劇電影中的一些長處」〔註 16〕，實際上肯定的就是這種藝術風格和形象。

換言之，1949 年之前的卓別林及其電影作品，始終既是中國電影市場最大的吸金利器之一，也是最為觀眾熟悉、廣受歡迎的外國電影明星之一，更

〔註 13〕 《中國電影發展史》，程季華主編，第一卷，中國電影出版社 1963 版，第 529 頁。
〔註 14〕 《中國電影發展史》，程季華主編，第一卷，中國電影出版社 1963 版，第 58 頁。
〔註 15〕 袁慶豐：《中國現代文學和早期中國電影的文化關聯——以 1922～1936 年國產電影為例》，載《中國現代文學研究叢刊》2010 年第 4 期。此文收入拙著《黑夜到來之前的中國電影——1937 年現存國產影片文本讀解》（中國廣播電視出版社 2012 年 1 月版）。
〔註 16〕 《中國電影發展史》，程季華主編，第一卷，中國電影出版社 1963 版，第 480 頁。

是最高票房紀錄保持者之一。譬如 1936 年《摩登時代》在上海公映時，恰逢卓別林兩次訪問上海（3 月 9～10 日及 5 月 12 日），而「當他聽說 4 月間該片在滬獻映打破賣座紀錄時，表示不勝欣慰」〔註 17〕。

丙、1949 年後卓別林電影與中國大陸的意識形態准入標準

1949 年新中國成立後，美國電影在中國大陸基本上銷聲匿迹，表面上看是因爲朝鮮戰爭的爆發，但根本原因還在於中、美雙方意識形態上的嚴重對立。而 1978 年和 1979 年之所以一反常態，兩年間能有 16 部之「多」的美國電影進入中國大陸爲普通民眾獻映，表面上看，是因爲 1976 年「文革」結束、「改革開放」開始起步的結果，實際上並不盡然：它更應該歸功於鄧小平全面掌權後，於 1979 年 1 月 29 日至 2 月 5 日以副總理的身份出訪美國〔註 18〕。

〔註 17〕 轉引自張偉：《卓別林上海一夜》，原載《電影新作》2008 年第 5 期，第 49 頁。
〔註 18〕 《鄧小平副總理到達華盛頓，卡特總統在白宮舉行歡迎儀式》，《人民日報》1979 年 1 月 30 日第 1 版。

　　任何政治動作都有潛伏期和預備期，文化交流與互動也不例外，這是美國電影在 1978 年和 1979 年兩年間蜂擁而入，讓中國大陸普通民眾一飽眼福的根本原因。文化成為意識形態的附庸並不少見，因為自古至今都是如此，況且文化本身就是意識形態的重要部分，「冷戰」時期和「冷戰」之後都是如此。而中國大陸迎接卓別林作品「歸來」的時代背景是剛結束「文革」不久，因此，「文革」所形成的意識形態，包括對外部世界政治尺度和價值尺度的判斷和標注，依然有著強大的影響力，至少是思維慣性依舊。

　　子、包括《摩登時代》在內的卓別林的作品，其對資本主義社會、西方世界，尤其是對美國社會的批判，實際上完全符合當時中國大陸官方意識形態的准入標準。因為在 1978 年鄧小平正式掌握政權之前，也就是正式確立「改革開放」路線的中共十一屆三中全會召開之前的兩、三年間（1976 年 10 月～1978 年 12 月），中國大陸還處於毛的接班人華國鋒當政的時代。「鄧小平時代」肇始於華國鋒先後辭去中共主席、軍委主席和國家主席，中共總書記換成胡耀邦之後。所以，任何對資本主義社會、西方世界，尤其是美國社會持批判態度，尤其是揭露其黑暗面的文藝作品，尤其是電影，便具備了進入中國大陸公映的資質證明。

　　譬如卓別林的作品，無論是 1910 年代的《快樂的一天》、《田園詩》，還是 1920 年代的《尋子遇仙記》、《有閒階級》、《淘金記》、《馬戲團》，無論是 1930 年代的《城市之光》、《摩登時代》，還是 1940 年代的《大獨裁者》、《凡爾杜先生》，直至 1950 年代的《舞臺生涯》、《一個國王在紐約》，哪一個影片不是對社會現實的批判？對資產階級、有錢人的諷刺挖苦，對窮人、弱勢群體的同情，對美好但又淒婉愛情的歌頌也是基於批判立場；即使是對獨裁者

的鬧劇式的展示描述、對殺人犯的心理剖析和表現何嘗不也是批判？——至
於卓別林的傳記片《紳士流浪漢》，在中國大陸方面看來也不無批判性：一個
人民藝術家，居然和許多年輕甚至是年幼的女主演性關係混亂。

 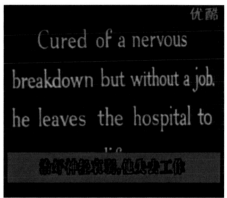

　　丑、卓別林的作品裏面所反映的社會現實和主人公的命運，恰恰和1949
年以後的中國大陸官方的宣傳口徑不謀而合。換言之，傳達負面信息的西方
電影尤其是美國電影，客觀上提升了觀眾理念上的「正」能量。相信經歷過
那個時代的中國大陸民眾對這些口號都不陌生、實際上是耳熟能詳：「世界上
還有三分之二的受苦人」、「我們生活在幸福的社會主義新中國」、「在國外尤
其是西方資本主義國家，廣大勞動人民生活在水生活熱之中」，（這裏的「廣
大勞動人民」包括臺灣同胞、港澳同胞和其他海外僑胞都是如此）……。

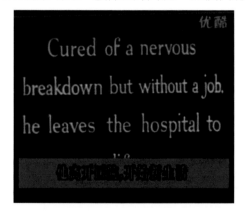 

　　卓別林塑造的流浪者形象本身，就是對其容身的社會制度的一種天然性
批判。雖然，從藝術史的角度說，流浪漢形象早已有之。但在1949年後的中
國大陸拍攝的影片中，不論事實如何，從來沒有這樣的人物形象出現——如
果有，其時代背景一定是「萬惡的舊社會」，因爲那時候，「勞動人民吃不飽、

穿不暖」，沿街乞討或賣藝的比比皆是。這種政治覺悟或曰意識形態約束，從大陸剛解放就成為了電影製作的本體意識之一，其始作俑者是《三毛流浪記》〔註 19〕，更不用說新中國自己出品的《白毛女》（1950）〔註 20〕。

而卓別林的絕大多數作品，始終都是以流浪漢形象確定其歷史和藝術地位的。因此，「他」可以用來形象地向觀眾表明：在資本主義國家，人民居無定所，沒有工作，沒有起碼的生活保障，甚至沒有起碼的人身安全，因此男貧女娼。譬如《摩登時代》、《城市之光》和《馬戲團》，男主人公都一直四處流浪，女主人公則是靠賣藝為生。這與其說是卓別林作品的一種藝術表現模式或製片策略，不如說影片在無意識的情形下具備了進入中國大陸公映的意識形態標配。

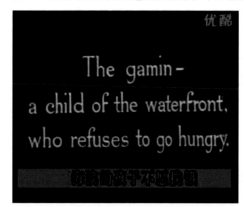

寅、1949 年後，中國大陸官方的對帝國主義、資本主義的政治經濟學定義是：「帝國主義是資本主義的最高階段」，也就是最後階段。這被通俗地解釋為，資本主義國家和社會在正在快速地走向「衰落和滅亡」；而資本主義國家和社會中的廣大的工人階級、農民階級，也就是人數眾多的無產階級，不僅是「被剝削者」和「被壓迫者」，更是「我們世界革命的同盟軍」……《摩登時代》中女主人公失業的父親，以及參加罷工被警察鎮壓致死的場面，尤其符合上述意識形態定義。允許卓別林電影的公映，實際上是要再次向觀眾

〔註 19〕 《三毛流浪記》（崑崙影業公司出品）1948 年 10 月開始拍攝（《中國電影發展史》，程季華主編，第二卷，中國電影出版社 1963 版，第 240 頁），「1949 年 8 月上海解放時才拍攝完成，12 月正式公映。為了表示對解放的慶祝，作者又在影片最後加上了一個三毛迎解放的鏡頭」（《中國電影發展史》，第二卷，第 243 頁）。

〔註 20〕 對這一問題的深入討論，祈參見拙作：《政治和藝術示範的標本——超級女聲〈白毛女〉》，載《渤海大學學報》2007 年第 6 期（瀋陽，雙月刊），中國人民大學《複印報刊資料》2008 年第 5 期《影視藝術》全文轉載。

強調，在西方資本主義社會尤其是美國，無產階級還遭受著政治和經濟上的壓迫和掠奪。而所謂「摩登時代」，更是把人異化成了一部機器。

丁、《摩登時代》與中國大陸的物質生活的世俗性對比

世界近代工業革命的發展，一定程度上讓人淪爲自然科學的奴僕，這是悲劇，是需要得到反省糾正的地方。現代化將人異化爲機器，是西方現代派藝術著力表現的一點，並不是卓別林一己發現的真理，但他敏銳感知並藝術化、通俗化地將其表達出來，這是其值得肯定的地方。

問題是，卓別林對工業現代化的認識、批判，其語境是 1930 年代前後的美國社會，但中國大陸觀眾對此的瞭解和接受是 1970 年代末期的背景。因此，這就使得中國大陸觀眾誤以爲卓別林電影中的美國社會和民眾的生活水平是與中國大陸同步的——這個起碼的事實被人爲地和有意識地忽略了。但有意思的是，包括《摩登時代》在內的卓別林電影在中國大陸公映的時候，中國大陸的物質生活水平狀況，不僅在許多方面正好對應於影片中所反映的物質生活水平，而且在許多方面還相距甚遠，這又不能不讓觀眾感到驚訝和羨慕。

子、水果和牛奶

《摩登時代》中男主人公幻想和女主人公過上美好生活的那場戲，葡萄、蘋果隨手摘著吃，這讓許多觀眾羨慕不已。因爲那時候的水果還非常奢侈的東西，尤其是中國大陸北方，雖然盛產但尋常見不著，並沒有進入人們的日常生活。更讓人驚訝的是可以當場擠牛奶——1970年代，牛奶不僅是比水果奢侈幾倍的東西，而且屬於特供食品，城市居民一般人沒有票證是喝不到的。所以那時候中國大陸民眾的概念是：牛奶只是外國人才喝的東西，跟國人沒有多少關係——如果有，那也是高級病人才能喝到的東西。而影片中的商店、飯店，更給人琳琅滿目、繁華無比的感覺，當時中國大陸社會的景象簡直無法與之相比。

丑、住房與居住條件

《摩登時代》中，女主人公最後好歹還給自己搭了一個窩棚，還能邀請男主人公去住——雖然他住的是外邊的「窩」。這間房子對當時的中國大陸觀眾來說，並不都當成電影中的場景或純笑話來看的。實際上，卓別林影片中的這個信息，被完整地解讀爲如下意思：你看資本主義社會的美國，底層民眾是生活竟然貧窮到如此地步，兩個相愛的男女只能用破木板搭一個像狗窩一樣的東西，兩人還幸福得一塌糊塗——相形之下，「我們」是多麼的幸福；因爲在中國不是這樣的——根本就不可能自己隨便在空地上自建房屋。

而實際情況是，在1970年代末期，中國大陸城市——尤其是北京、上海這樣的大城市——民眾住房緊張的狀態持續惡化並達到峰值——半個多世紀以後的情況怎樣？今年（十年前）中國大陸主流報紙上有一篇專題文章討論城市中心地帶的貧困人口問題，列舉的三個大城市分別是北京、上海、廣州；事實說明，貧民區不僅依然成規模地存在，而且十幾平米一家三代同居的情

形並不罕見；（至於住在這裏的居民的生活水平，文章提到的一個細節可以說明大概：一對夫妻以蹬三輪車爲生，每個月只吃青菜和主食）〔註21〕。

　　儘管如此，當年的中國大陸觀眾對《摩登時代》中男女主人公住的狗窩似的房屋依然是抱著嘲笑甚至鄙視的態度，雖然從事實上來說，當時眾多中國大陸城市居民的生存狀態還未必能達到那種狗窩的程度——那可是裏外兩間房。類似這樣對西方世界尤其是美國社會的「認知」由來已久，以至於大陸民眾一直以爲「貧民窟」這種「東西」只有國外才有——到今天將近30年過去，我還記得當年我教英語的時候教過的一個單詞：SLUM。所以，《摩登時代》所反映的時代背景在獲得中國大陸意識形態准入標準、符合當局對西方資本主義社會批判口徑的同時，又從客觀上反襯出1930年代美國社會和當時中國大陸社會的物質生活水平接近或類似的事實。

〔註21〕　吳晨光、周瑜：《城市角落，在繁華區的邊緣》，《南方周末》2005年6月23日（第1115期）。

寅、麵包與「高級食品」

《摩登時代》中，女主人公因爲偷竊一條麵包被警察逮捕。這個細節對當時觀眾的影響是複雜的，不無困惑乃至誤讀之處。麵包在西方是普通的主食，正如中國主食食譜中北方的饅頭、南方的大米。但問題是，從 1960 年代初期開始，中國大陸就有所謂「三年自然災害」（1960～1962）之說，除了歸咎於「天災」，官方的解釋還包括「蘇聯逼債」一說。（2000 年互聯網興起後，中國大陸民眾大多都知道，以上沒有一條原因靠得住，因爲從數據上說，那三年恰基本上都是風調雨順的年景，根本不存在所謂的「自然災害」；「逼債」一說同樣站不住腳。包括中共高層在內的共識是，糧食歉收的原因實際上不是天災，而是人禍）。但不管怎麼說，在那前後的幾十年間，中國大陸億萬普通民眾沒得吃和吃不飽是不可抵賴的事實。

而對於 1949 年以後的中國大陸民眾來說，麵包是比饅頭、米飯更爲奢侈的東西，普通人家輕易見不到、吃不起，至少到 1980 年代，也就是《摩登時

代》公映後的十年之內是如此，即使是大中城市也不例外〔註22〕。1970年代初期我上小學時經常參加學校的長跑集訓，每次訓練之前，體育老師都會訓話，然後喜氣洋洋地宣佈說訓練完成後給大家每人發一份「高級食品」。許多小學生平時饅頭都不見得吃飽，聽到這個「高級食品」名詞，無不歡欣鼓舞。鼓譟連天。待領到手之後，才發現其實是麵包〔註23〕。而「麵包」和「黃油」一樣，都是當時中國大陸指稱資本主義社會和生活的一個標誌性詞語，因此，女主人公偷麵包被捕，中國大陸觀眾又心領神會地認為美國的窮人不僅多，而且根本就吃不上「高級食品」。

戊、結語

當時（包括我在內）的觀眾雖然大多都是把卓別林的電影當作批判的、否定的樣本去認識西方世界尤其是美國社會，但是並不意味著沒有產生接受時的巨大困惑——這些困惑產生的前提條件是，很少有人意識到《摩登時代》所反映的社會狀況和生活水平，至少是四十年前的美國景象——人們的困惑之一是，美國的工人階級怎麼一點都不像中國大陸電影中反映「舊社會」即

〔註22〕 1980年代初我在北方讀大學時，饅頭屬於「細糧」，每月就那麼幾斤，哪裏夠吃；1990年代初我到上海讀研究生，情況雖有好轉，但吃飯還是要糧票——糧油肉蛋等居民日常食品方面，總體上還是屬於短缺和限制供應階段。

〔註23〕 當時我只覺得老師的表達既有文化水平又很風趣幽默，後來才知道這並不是一個憑空捏造出來的稱謂。蓋「高級食品」形成於「三年自然災害」期間，指的是政府部門專門配給高級別的黨、政、軍幹部們的特殊食品供應，包括白糖、月餅、糕點、雞蛋、黃豆、麵包等普通民眾平時難以得到的「奢侈品」。由於這些俗稱「高幹」的高級幹部一般都是上年紀的，故又有「高級老漢」的稱謂。對此，當時北京的民間兒歌可以佐證，曰：「高級老漢高級糖，高級老漢上茅房；茅房沒有高級燈，高級老漢掉茅坑」。

1949 年前中國的工人階級那樣堅決地和資本家做武裝革命和暴力鬥爭？怎麼只會走上街上喊口號、鬧罷工？女主人公的父親被警察槍殺，她怎麼不去和男主人公一起去找「隊伍」（「組織」）報仇雪恨，反倒和他遠走高飛、一了百了？

還有一個地方是男主人公到餐廳應聘，老闆問他能不能爲顧客獻歌助興。人們感到困惑的是，作爲勞動人民/工人階級的一員，應該有革命性最堅定的品質，他怎麼竟然興趣盎然地排練並眞的當眾演唱起了黃色歌曲？女主人公的階級性和革命性也不無瑕疵，譬如居然很沒有志氣和出息地出賣色相，給那些大腹便便的有錢食客們（資產階級顧客）表演歌舞——雖說是被生活所迫，但也不能就此向「腐朽」的、「墮落」的、「行將崩潰的資本主義社會」低頭啊。

當然，從卓別林作品的整體上看，這些困惑都可以得到解釋。譬如這類以流浪漢爲主人公的影片都有一個一成不變的模式，即雖然飽嘗艱辛困苦但永遠地憧憬和希望，這，無論是用當時的政治術語還是今天中國大陸電影市場准入標準來套用，「卓別林同志」的電影都是符合主旋律要求的，因爲有「積極向上」即傳達「正能量」的一面。至於卓別林同類作品中那些永遠純潔的女主人公形象，則反映了人類精神世界中一些共同的東西，譬如惻隱之心、扶助貧弱和成人之美的善良品德。雖然，卓別林電影中的流浪漢形象與流浪漢心態、社會背景與人文思想，在某些機構看來，不過是基於西方價值觀的藝術反映和考量。

從當時中國大陸的文化生態來看，觀眾很難擺脫對美國電影的社會性批判即否定性心態，卓別林的《摩登時代》也不會例外，就像中國大陸觀眾在

1980 年代初期看待科波拉的《教父》(第一集) 那樣,很少有人有意識地從歷史和文化的角度來看待,而是更多地將其當作認識和揭露資本主義社會尤其是美國社會的「腐朽」「沒落」的樣本,這些都符合 1970 年代末中國大陸政府依然處於「冷戰」思維的整體意識形態,亦即符合其將之視爲意識形態宣傳外國「教材」的初衷。正是從這個意義上說,1910 年代到 1950 年代卓別林編導主演的電影,與億萬中國大陸民眾不得不形成的觀賞和獵奇心理,形成了跨時空的人工對接。

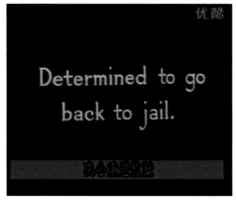 

己、多餘的話

子、卓別林電影與當時中國大陸學習英語的熱潮

即使到了有聲片時代,卓別林依然堅持無聲片的製片方針,結果雖然這些影片配了音樂,但人物對話和場景介紹還是依賴字幕,這正好迎合、滿足了 1970 年代末期中國大陸民眾學習英語需求。現在的 VCD 或 DVD 上的中文字幕與英文字幕是同步的,但當年放映的電影拷貝,往往是先出原始版的英文字幕,然後才是漢語字幕。1977 年,正是中國大陸所謂「改革開放」剛起步的時候,尤其是那年恢復了中斷十年之久的高等院校招生考試,俗稱「高考」——以正式考試的分數來作爲錄取學生主要依據,而不是「文革」後期實行的所謂「工農兵推薦上大學」的方式——「高考」掀起了全民學習外語的狂潮,(不是熱潮)。因此許多觀眾都把觀看卓別林的影片當成一次難得的學外語的機會〔註24〕。

─────────────

〔註24〕 大陸 1977 年「高考」的《歷史》科目有一道題,四個填空,分值 4 分,問中國古代的四大發明是什麼?有人填的是「大鳴、大放、大字報、大辯論」,典型的「文革」術語。還有道問答題,問巴黎公社爲什麼失敗?不少考生回答:是因爲沒有堅持毛澤東思想「學大寨」。其實許多考生根本就不知道巴黎公社

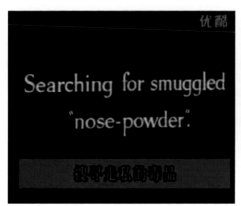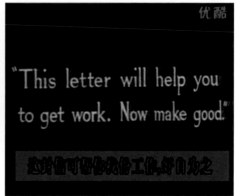

那時人們一說「學外語」，一般指的就是英語，其次才是指日語，（德語、法語什麼的都弱爆了，這就是爲什麼至今中國大陸還把除了英語之外的外語統統稱作「小語種」的根本原因，雖然從全球範圍看，講這些「小語種」的人數以億計）。當時絕大多數民眾家里根本沒有電視機，學外語的「聽」「說」基本上是依賴廣播裏的英語或日語教學節目；條件好一點的家庭會花好多錢買臺錄音機，聽外語磁帶——給人的感覺是所有的人都在學外語〔註 25〕，更

是什麼。有關英語考試的「神話」之一是，3 個小時的答題時間，有個考生竟然半小時後就做完交卷了——由於「文革」十年，所有學生早已不准學習外語，所以除了報考外語院校的考生，其他類別如文科、理工科的考生考英語，分數只算作參考分數，而且還不是滿分計算。直到 1981 年我參加「高考」那年，英語的分數計入總成績時還只按百分之三十計算，即打三折——所以那考生交了卷子之後，有監考的大學老師追出來，用英語問他怎麼這麼早就交了卷？據說考生不僅用英語回答，而且還糾正了老師一個發音上的錯誤。現在不覺得這有什麼了不起，但當時聽的人大多駭然，然後就是膜拜不已。

〔註 25〕 那時的外語教材似乎成了全民讀物，很少有人不熟悉。譬如最早的是 *Essential English*，這是我上大學一年級全社會開始用的；到了我上二年級的時候，全社會又換了一套教材，*New Congcept English*，這是我大學時的《泛讀》課教材。到了第三年，「徐國璋《英語》」又大行其道……到了 1990 年代，就泥沙俱下，到 2000 年前後，連「瘋狂英語」都出來了。現在知道，學外語其實很簡單，你只要任選一套教材堅持到底，外語就會學通。可惜的是，百分之九十九的人做不到這一點——結果，主講「瘋狂英語」的人開始在家裏瘋狂地痛打外國老婆——這說明，能堅持下來的，的確需要勇氣。
順便多說兩句。網上有人佐證説，*Essential English* 初版於 1938 年，「從四十年代到八十年代初，私人補習英語都多有採用它作爲教材的。文革後，大專院校的研究生院和市面上的業餘英語夜校，教授 *Essential English* 的也很多。後來才逐漸被新概念英語和其它教材取代，至如今基本上銷聲匿迹」（轉引自愛德華的博客，http://blog.sina.com.cn/daihualaoshi）；《新概念英語》也是英國人編的教材，我自己特別喜歡，覺得語言的味道更醇厚，因此知道前些年我

以能說兩句外語為榮，尤其是談戀愛的時候。其中一個社會性的例證是，1980年代初期，中國大陸很多相聲都會編排些人們學外語的熱情和趣事。譬如東北很有名的相聲演員楊振華、金秉昶，兩人表演的兩段影響很大的相聲裏就夾著不少英語和日語——雖然現在聽起來像棍子一樣硬，但當時大家都聽得聚精會神，更覺得人家真了不起。

丑、每個人的潛意識中都有流浪漢的意識

「流浪漢」是西方文化中常見的一種藝術形象，這種主要源自馬戲團（民間歌舞班子）裏小丑式的人物與電影的出現和普及相結合，催生了許多早期電影明星，卓別林既是其中最為傑出的一位，也是對中國電影尤其是早期民國電影產生巨大影響的明星之一。「他」身上所體現出的種種可笑、滑稽以及種種可憐或者可愛之處，代表著人性中一些共同的特點，是絕大多數人共有的品質。譬如見到漂亮女性都會蠢蠢欲動一下，看到不公平的事情，無論對方是有錢的壞人還是可笑的好人，都會調侃一下，而他自己在接人待物、舉手投足之間更有種種尷尬或小小罪錯之處等等。這種人物形象，實際上就是將人身上那些共有的「毛病」藝術地集中、概括、體現出來後的結果。

另一方面，我相信每個人的潛意識中其實都藏著一個流浪漢的鏡象。譬如小時候幻想長大成人後要浪迹天涯，就是其中的一種體現形式。只不過，

開課時還用它做教材，實際上是把它當成文化讀本而不是簡單的英語課本，還寫了幾萬字的欣賞文字；「而世人熟知許國璋，大多是通過他主編的四冊大學《英語》教科書。許國璋的名字與「英語」成了同義語，已經家喻戶曉了」（轉引自百度百科：許國璋英語，網址：http://baike.baidu.com/link?url=GeDgA8X3IJTb0Ez_DSy2AFu17u1v1RZQRabtESEYvJtpIx6BxKhQCkuC3KmYlncS_503qcG8njwAAoqkR8liE_）。這亦是一種文化現象，值得深入研究。

隨著年齡的增長、歲月的流逝，許多人慢慢地將這種潛意識慢慢遺忘或消磨淨盡，只是偶而「露崢嶸」罷了。從哲學的角度上說，「流浪漢意識」其實是一種很高的境界，因爲在現實生活中，絕大部分人都有太多的牽掛、羈絆，太多的顧慮、約束。所以卓別林的這類影片恰恰給人提供了想像的空間和在夢幻中追尋夢想的可能。換言之，很多觀眾就是在這個層次上接受和喜歡這個人物形象的，因爲他表達了人們內心最深處的隱秘的欲望，或者說，成爲人們欲望的一種宣泄。因此從文學藝術的角度而言，卓別林塑造的流浪漢形象，又是人類敘事學中的一個主題。

寅、延伸讀片（按譯製時間排序，黑體標出的爲產生重大影響的影片）

1、《快樂的一天》，1919 年出品，長春電影製片廠 1979 年譯製；

2、《尋子遇仙記》，1921 年出品，長春電影製片廠 1979 年譯製；

3、《有閒階級》，1921 年出品，長春電影製片廠 1979 年譯製；

4、《淘金記》，1925 年出品，上海電影譯製廠 1979 年譯製；

5、《馬戲團》，1928 年出品，上海電影譯製廠 1979 年譯製；

6、**《城市之光》**，1931 年出品，上海電影譯製廠 1979 年譯製；

7、**《大獨裁者》**，1940 年出品，上海電影譯製廠 1979 年譯製；

8、《凡爾杜先生》，1947 年出品，上海電影譯製廠 1979 年譯製；

9、《舞臺生涯》，1952 年出品，長春電影製片廠 1979 年譯製；

10、《一個國王在紐約》，1957 年出品，長春電影製片廠 1979 年譯製；

11、《田園詩》，1919 年出品，長春電影製片廠 1979 年譯製；

12、《紳士流浪漢》，1976 年出品，長春電影製片廠 1979 年譯製。〔註26〕

〔註26〕本章的正文部分——不包括經典臺詞、己、多餘的話，以及注釋 1、7、9、18、

初稿時間：2005 年 6 月 28 日

初稿錄入：呂月華

二稿改訂：2014 年 9 月 20 日～2015 年 2 月 18 日

校改修訂：2015 年 3 月 10 日～11 日

22、23、24、25——約 9000 字，在收入本書前的半年裏，曾以《美國電影與中國社會的歷史性關聯——以 1978 年譯製公映的〈摩登時代〉（1936）爲例》爲題向外投稿，迄今不知道會被第三家雜誌退稿與否。特此申明。雜誌版的**英文摘要**附後。

Historical Correlation between US Films and Chinese Society: Modern Times（1936） Dubbed in 1978

Abstract: Chinese mainland only released four US films to public during 28 years from 1950 to 1977 , but the number increased fourfold from 1978 to 1979. Charlie Chaplin held 13 films in the 16 US films , which reflected the ideology of mainland at the time. Chaplin's early films , such as *Modern Times* , were translated and shown intensively , which didn't mean mainland wanted audience to understand American and western society through the films , but meant , from idea and culture level , from outlook on life , world and aesthetics , China emphasized and continued the total repudiation of American society , led audience realize "the ugly look of capitalist society". It's interesting , however , when US films like *Modern Times* exposed to Chinese audience across time and space , the material lives displayed in the film constructed intertextuality and conceptual collision with realistic lives in mainland at the time.

Key words: US film; Chinese Film history; Charlie Chaplin; *Modern Times*; Intertextuality;

跋：我爲什麼會成爲非主流教授？

2014 年年底整個寒假，我都和往常一樣，獨自待在教研室所在的三層老樓裏寫字。這樓房是 1950 年代初期「中蘇友好」時期的產物，帶有明顯的俄蘇建築風格，譬如空間高大寬闊的走廊和樓梯，都讓我喜歡。我尤其喜歡房間裏鋪的木地板，那上面的劣質紅色油漆雖然多年來已經剝落大半，但腳踩上去的感覺極好，很容易讓人進入安詳寧靜的狀態。二十多歲我還在故鄉那個小城市當中專任英語教師的時候，我喜歡的一個大女人就住在她所執教的那所大學裡的這種老樓裏。至今我還依稀記得她黑色細高跟皮鞋走過暗紅色地板的聲音，窗外蒼松碧綠，映襯著室內如瀑的濃密黑髮，耳邊只有時不時從遠處傳來的細碎的人聲和自行車鈴音〔註1〕。

獨處的時間長了，就很容易思緒萬千，尤其是難免不斷地反省自己的人格心理、話語模式、行爲意識及其形成的深層原因和內在機制。譬如四十歲以後我意識到，我是個戀舊的人，讀過的書、走過的路、看過的風景、交往過的人，甚至用過的東西，一般都很難忘懷，也很容易留戀；時間越久遠，印象就越牢固、感覺就越親切，眼下的人與事，反倒是時不時一回頭就忘得乾乾淨淨——我當然知道，這是一個人開始變老的徵兆之一。（所以，我下一本書就準備用本文的標題做書名，打算仔細回顧和剖析我的教學生涯和心得。特此預告，敬請關注）。

我從小就發現，我喜歡和年紀比我大的人交往，或者說，我四十歲之前習慣於跟著比我大的男男女女們說話幹活，這說明，我有著很強的依附性人

〔註 1〕 後來聞聽她遠渡重洋的消息後，我曾寫過幾句老話聊爲紀念。曰：別夢依稀上默川，故園一去三十年。高跟鞋上高學歷，小技校中小教員。塞外風高邊地冷，申城水苦大江寒。京郊大地驀回首，紐西蘭島起炊煙。

格心理特徵。這其中的原因我倒是明白，從小到大，我一直是老師眼裏的好孩子和乖孩子，不僅人長得乖，學習也好，這樣的好學生哪能不招長輩待見？哪能不招高年級大哥哥大姐姐的喜歡？我十八九歲就知道自己很是迷戀年紀比我大的異性——當然是漂亮女人，尤其是高大豐滿的姐姐和身材苗壯的阿姨。這對我研究1949年前的民國電影，以及至少二、三十年前中國大陸譯製的外國老電影很有好處。

英國影片《簡‧愛》（左）與埃及影片《咖啡館》（右）的中文電影海報（均為1973年譯製）

這其中的道理其實很正常：1949年前的中國電影裏面，哪個女明星不比我年紀大？那些老舊的外國電影中，除了亞洲電影，哪個女主演不是高大豐滿、美豔襲人？我為之迷戀的眼角的皺紋、開始鬆弛的肌膚、肥厚的大腿腰身，不就是老電影那畫質已顯斑駁的畫面、顆粒粗糙的色彩線條，以及不再時尚的主題、曲調和音質嗎？如果將一部電影的出品年月看成是她的出生日期，那最新的外國電影也有至少四十歲左右的年紀，這不正是我喜歡的中年女性嗎？「徐娘半老，風韻猶存」，這不正是我為之沉醉的類型嗎？絢爛、成熟之美，不正符合我後青春時代的情愛心理審美特徵和渴求嗎？

左圖：美國影片《尋子遇仙記》（1921 年出品，長春電影製片廠 1979 年譯製）
電影海報；

右圖：墨西哥影片《冷酷的心》（上海電影譯製片廠 1972 年譯製）電影海報。

　　本書是我十幾年來寫就的上百篇初稿中的一小部分，大約十分之一的規
模。即使我一年出一本書，到我退休後也忙活不完。但現在的問題是，在中
國大陸發表文章和出書一樣很不容易，既要自己出錢，還要被一再審查和勒
令刪改乃至退稿。譬如這本書中的大部分篇章，我都曾在結集成書前將主要
文字部分投寄出去以求先行發表，但大都被一再退稿。客氣一點的，說我的
「格式不符（學術論文規範）」，不客氣的，要麼說是「政治不正確」，要麼說是
「內容不當」〔註2〕。中國大陸的學術研究生態和近年來的環境問題一樣，竟

_____

〔註 2〕 譬如有一篇文章被某雜誌聘請的一名外審專家認爲「對文革時期社會文化有諸
　　　　多評論，較爲敏感，且探討當時的越南電影，也看不出對當下的借鑒意義，不
　　　　建議刊發」（2014-02-20 10:43）。好在雜誌聘請的另一位專家對我多有肯定，批
　　　　評也很到位：「這篇文章從反思的角度評介文革（及之前）時期譯製的越南（北
　　　　越）影片，資料翔實，比較研究和分析頗爲細緻深入，有可讀性。作爲當下的
　　　　一項很少涉及的填補空白的研究成果，具有一定的學術價值。文中個別提法有
　　　　犯忌諱之嫌，例如『鐵幕』字樣，刪去爲妥。文中提到前蘇聯『解凍』時期影
　　　　片《第四十一》、《雁南飛》，指它們對當時中國觀眾也有影響，恐與事實不符；
　　　　因這些影片雖被譯製，但基本上未曾公映，當時屬於『蘇聯修正主義』大毒草
　　　　予以嚴禁之列，只在極其有限範圍內作爲『反面材料』進行批判之用，廣大普
　　　　通觀眾是見不到的。這些部份建議略作修改」（2014-02-21 21:07）。

然到了連正常的藍天白雲這樣最低要求都無法保證的地步。

因此，我要再次感謝首都師範大學王家平教授對我的熱情舉薦，感謝「人民共和國文化與文學叢書」主編李怡教授對我的再次接納，感謝臺灣花木蘭文化出版社社長高小娟女士、總編輯杜潔祥先生、副總編輯楊嘉樂小姐對我一如既往的提攜和寬容。我的感謝，源自內心深處，語言只是其中萬一。感謝我的學生們為我所做的一切輔助工作，更感謝家人對我把工作等同於生活的人生態度的理解和支持。作為本書部分講稿的參與者和尖銳批評者，中國傳媒大學外國語學院教授嚴玲女士負責本書所有的雜誌版英文摘要的修訂和部分摘要的撰寫，我向她付出的勞動正式表示慚愧和感謝。〔註3〕

袁慶豐　乙未年正月十八
識於北京東郊定福莊養心廊

我給編輯部的答覆是：「回函收到並認真拜讀。首先，佩服你們，找到的專家都很棒，因為都看到了問題的實質；其次，你們的主編更棒，因為他有主見。總而言之吧，我是更加欽佩貴刊了。能看到同行的批評意見，我一定會進步的；有張衛中主編的主持公道，我一定會更好地為貴刊效勞」（2014-02-24 12:05）。我在此願意再次聲明我的科研寫作與學術投稿立場：無論怎樣的批評和否定意見，我都願意表示歡迎，對拒絕發表我文章的刊物，我也願意表示同情。請讀者諸君監督。

〔註3〕 本章中的四幅電影海報及討論《追捕》一章的兩幅插圖均源自互聯網，特此說明並向作者和上傳者致敬不另。

主要參考資料目錄

1、《劍橋中華人民共和國史：1949～1965 年》，【美】R・麥克法夸爾、費正清編，謝亮生、楊品泉、黃沫、張書生、馬曉光、胡志宏、思煒譯，謝亮生校，北京：中國社會科學出版社 1990 年版；

2、《劍橋中華人民共和國史：1966～1982 年》，【美】R・麥克法夸爾、費正清編，北京：中國社會科學出版社 1992 年版；

3、《作家文摘》，北京，作家出版社出版；

4、《讀書》，北京，生活・讀書・新知三聯書店有限公司出版；

5、《三聯生活周刊》，北京，生活・讀書・新知三聯書店編輯出版；

6、《南方周末》，廣州，南方報業傳媒集團主辦。